离距离

张弛 著

中国友谊出版公司

图书在版编目（CIP）数据

离距离 / 张弛著． -- 北京：中国友谊出版公司，2020.12

ISBN 978-7-5057-5045-6

Ⅰ．①离… Ⅱ．①张… Ⅲ．①游记-作品集-中国-当代 Ⅳ．①I267.4

中国版本图书馆CIP数据核字(2020)第219151号

书名	离距离
作者	张弛
出版	中国友谊出版公司
发行	中国友谊出版公司
经销	新华书店
印刷	北京市十月印刷有限公司
规格	880×1230毫米　32开 9印张　175千字
版次	2021年3月第1版
印次	2021年3月第1次印刷
书号	ISBN 978-7-5057-5045-6
定价	39.80元
地址	北京市朝阳区西坝河南里17号楼
邮编	100028
电话	(010) 64678009

版权所有，翻版必究

如发现印装质量问题，可联系调换

电话　(010) 59799930-601

目录
CONTENTS

- *001* 陈家沟村
- *004* 陈独秀墓园
- *007* 风儿多有劲
- *009* 曲艺之乡
- *011* 太监故里
- *013* 狗子四十
- *015* 南岳衡山
- *018* 亚林和他的青年旅舍
- *022* 1921年的另一件大事
- *024* 扫北京的边儿
- *027* 添毛病之旅
- *029* 京西古道
- *031* 好大一个臀
- *035* 杨梅竹斜街

039	玉渊潭公园	*081*	把这道菜给我耶一下
043	独乐	*086*	抚顺的煤、煤精和琥珀
045	独乐寺白塔	*090*	溥仪的皮箱和牙粉
047	丹霞山的物产和图腾	*094*	沈阳
051	六祖惠能的头发和坠腰石	*098*	唐山
055	《你到过杨 ling 吗?》故事大纲	*100*	一个阴虚的人来到殷墟
059	鸿门宴的猪前腿和西安的小吃	*107*	燕郊
063	无间道	*111*	聊城
065	马迭尔	*113*	嘉定
069	从西施故里看春秋时期英雄美女的爱情	*114*	广州
		115	蓬莱
076	孔子闻韶处及雾霾城市旅行指南	*116*	长岛

117	在黄鹤楼旁抽黄鹤楼	223	包子公园
121	田记、庄记和宝记	226	超级城市中的那些掠影浮光
125	去外地逛古玩市场	231	宠物墓园
130	大城市打车指南	236	第九交响曲
134	韩食记	240	邯郸
137	香山三日	241	吉韧和风马旗
142	走运之旅	245	家里来且啦
146	余东行	259	石窟寺
156	在青岛	263	浆面条
163	在景州	266	暮色苍茫看劲松
168	宿州	270	清和元的头脑
181	兖州记事	274	我在西藏当导游

陈家沟村

3月的一个下午,觉得天气不错,便给阿坚打电话,约他一块儿爬山什么的。正巧他跟孙民、小华和老宁他们正在西边的陈家沟村,他说我可以过去跟他们会合。坐上出租不久,又收到阿坚一条短信,告诉我具体的行车路线:经金顶街、高井、黑石头乡、双泉寺,到陈家沟村坡顶。其实,若干年前我们就去那边玩过一次,在当地农家小院吃了一条十几斤重的鱼,还在山上的小旅馆住了一宿。这回就再让他把我往沟里带一次吧。

司机路不熟,所幸当时的路况还不错,我和魏老虎从美术馆东街出发,开到陈家沟村也就用了40来分钟,车费100元出头,魏老虎结的。车就要开到山顶时,远远看到阿坚冲我们挥舞着一根棍子,棍子上绑着一个红色的塑料袋。我跟魏老虎说,这就是阿坚。之前他们不认识。而我和魏老虎也是当天下午在三联书店旁边的雕刻时光喝咖啡时才认识的。简单聊了几句，彼此觉得只有酒馆才是我们应该的去处。

山顶上有个窝棚，孙民、小华和老宁在里面窝着。阿坚说这是防火棚，只有在这儿才可以抽烟。彼此介绍一番后，大家就开始筹划吃晚饭的事。我说魏老虎大老远来，总该让他先看看风景吧。阿坚便领着魏老虎往山坡上多走几步，说这地方叫一片石，我这才注意脚底下确实是一片完整的石头。站在一片石上，我们集体向北京方向眺望。

记得那几天都在刮风，北京的污染不太严重，我不但看到了央视转播塔，甚至还看到了国贸三期。因为没看到天安门，魏老虎显得有些失望。阿坚安抚他说，据说曹雪芹晚年在陈家沟村隐居，写作之余，他老人家很可能也站在相同的地方眺望京城。但他有可能什么也见不到，因为当时的北京没有多少标志性建筑。相反，村子周围可看的东西却有很多，有几座古墓（可惜被盗了），有拱桥，有茶棚，有寺庙，有香道。大家七嘴八舌，补充一番后，决定分两拨下山吃饭。我跟孙民很久没见了，他依旧胡子拉碴。小华穿着一件呢子外套，一直拄着一根细棍，仿佛细棍折断他就会随之摔倒。老宁戴着帽子，其他人没戴。阿坚老样子，只是有些驼背。

我和魏老虎坐来时的出租车下山，经过万善桥（当地人又叫它罗锅桥），我让车停下来等我们几分钟，以便我带着魏老虎在四周转悠转悠。我们先上桥看了看，又拜了路边的一个明代佛龛，里边的一座明代佛雕据说是接引佛，古代香客只有先拜了他，才能再去其他的寺庙。在双泉寺，铁香炉、泥佛像和壁画都不见了，两块清代的石碑使院门显得愈加窄小,只有院落里的四棵古柏还是那么枝繁叶茂,郁郁葱葱。到底是西山八大水院之一呀,以为闹着玩儿呢?

双泉相传是两眼泉水,它们在黑龙沟合为一股,过去寺庙里的僧人用它给香客沏茶,有留下来的古茶棚遗址为证。

到了山底下我们前后脚来到一家叫什么佳缘的家常菜馆,点了鱼籽烧豆腐,长豆角烧茄条,红烧平鱼,哈尔滨红肠,小葱拌豆腐,店虽然不大,味道还不错。阿坚说在家常菜馆只要不点特别怪的菜,味道基本上还说得过去。除此之外,阿坚还不停地夸魏老虎的体格和精神状态是如何如何的好,跟我形成了强烈反差,等等。我告诉阿坚说魏老虎本来在日本学习贸易,后来因为喜欢写作,就把学业中断了。现在他每天除了写小说外,就是去健身房做器械练习,这次来这儿,就是为了跟你掰腕子。

阿坚听了有些犯怵,一块肉没夹住掉在桌子上,接着便开始东拉西扯,把话题扯开了。

陈独秀墓园

由安庆返合肥的途中，顺道去陈独秀的墓看了看，但也不排除是当地特意安排的。反正比较技巧的接待，总会让人感觉周到又不折腾，一切都显得那么恰到好处。但有些因素是无法预料的，当我们一行人快到的时候，突然下起了雨，天气奇冷，也衬托着墓园的冷清。

其实我对扫墓之类的活动比较犯怵，只有那些够年头的陵啊啥的还能勉强接受。倒不是说这些地方有什么考古价值，主要是到时候不用控制自己的感情。但陈独秀所带给我的，要远远比这些复杂。不说别的，民主、科学几个字首先就把我震了。它胜过所有的胡说八道，而迄今为止近一个世纪过去了，它仍然是远未被实现的主张。这几个字就被镌刻在陈独秀雕像后那本叫作《新青年》的大书上。这种状况值得所有的中国人大哭一场。

现在这个墓，据说是1947年，由陈独秀的儿子陈松年从江津迁过来的。1983年修过一次，到1998年又修了一次，才有了目前这个规模。据同去的人讲，最早山坡上都是秃的，这些年才种了树。上山的路也是土路，后来才铺的石板。而江津那个原来的墓更惨，连墓碑都碎了，只有一块石头上还剩下"独"字的"犭"，这对陈独秀的命运无疑是一种最好的诠释。撇开政治主张不说，我一直觉得陈独秀的名字挺得罪人的，完全了脱离群众。

至于所谓的陈列馆，几乎可以用"简陋"两字形容。它设在一栋两层的小楼里，小楼则坐落在山坡上一个很不起眼的类似职工宿舍的院子里头，以至于我们找了半天都没找着（在此之前，我们一度还沿山坡走上一条斜路，没出100米就撞上了一堵南墙）。陈列馆里的展品基本上也都是复制的，看上去像是东拼西凑而成。糟糕的是我认为比较关键的问题，差不多都回避了或者是没说清楚。比如陈独秀为什么加入托派，他跟共产国际的分歧究竟在哪儿，对他的结论留了什么样的尾巴，等等。倒是我对二楼的一张麻将桌产生了兴趣，怎么，他老人家平时也喜欢摸两圈？还是跟胡适一样，麻将桌只是专为太太备的？

不管怎么说，1929年，中国共产党最主要的创始人之一，同时也是第一个总书记陈独秀被开除党籍。后来延安那边给陈独秀捎话，让他有条件回到党内。他的回答是："回党固我所愿，惟书面检讨，碍难从命。"

有人把陈独秀的悲剧归结为脾气倔，我看还得加上心态好，要不然他怎会在国民党押解的途中睡着了。

风儿多有劲

风儿吹过来时，我跟老鸭丝毫都没有准备。当时我们俩正在酒店房间里看三大男高音，而且听得我青筋暴起。倒不是说我多懂音乐，主要是看这三个老头太厉害，不由得我在暗中替他们捏汗，担心他们该 high 时 high 不起来。就在这个节骨眼儿上，突然停电了。房间里一片黑暗，电视里灯火辉煌的午门，在电视屏幕上也变成了一个迅速消失的小亮点儿。倒是外面的闪电更加刺眼，拉开窗帘，看到外面正在下雨，街上没有行人，街对面那家沙县小餐馆也关门了。老鸭最爱吃他们的乌鸡炖罐，而我更喜欢吃那儿的拌面和煮鸡蛋。刚才我们还商量着看完电视去那儿吃消夜。

说实话，我跟老鸭本以为这只是一场普通的雨，一会儿就能过去。老鸭每过一会儿就跑到窗户那儿往外看，然后失望地说越下越大，看来消夜没戏了。在此期间，房间里的电就像房客一样时走时来，我不忍心看电视里的那三个外国老头跟着遭罪，索性把电视关了。躺在床上，我听见老鸭肚子饿得咕咕直叫。

　　看第二天是个大晴天，老鸭赶紧催我起床。她头天下午看中了一棵椰子树，她想在树边照张相。因为她没去过海南，所以见到椰子树特新鲜。我们俩拿上照相机，雇了一辆三轮车直奔那棵椰树而去。一路上看到连根拔起的树木和摔得粉碎的灯箱，让我不由得好生奇怪，想不到南方的风雨这么厉害。三轮车师傅的话则更让我心惊肉跳。他说昨天夜里刮的是台风，市里的风力有11级。他的一个同行就被这风从桥上刮到江里去了。还有一个渔民，在堤里养了很多鱼。大风一来，堤坝决口，鱼都游进了海里。这个渔民一下就损失了3000多万元。老鸭听了三轮师傅的话，脸色陡变。她悄悄趴在我的耳边说，多亏咱们夜里没出来。她说这话时，一定想到了自己瘦弱的身材，在11级的大风中不知道分秒钟能被吹出去多远。

　　经过东绕西拐，走街串巷，我们终于找到了老鸭说的那棵椰子树。跟那些被刮倒的树木相比，它是那么俊俏挺拔。老鸭在树边迅速摆好姿势，我正准备按快门，突然发现哪儿有些不对。原来，这哪儿是椰子树，分明是棵铁树。三轮师傅也证实说，这就是铁树。再看老鸭的表情，好像被台风吹过一般。

曲艺之乡

老黑在天津的一家公司工作,一次驾车外出办事,经过一个旧货市场。那天正逢周末,胡同(天津人管胡同叫道)里的人多得跟赶集似的。老黑几经努力,想把车开过去,但人们非但不给他让路,还向他投以敌视的目光。他没办法,只好试着在一小块空地上调头,在这个过程中,不小心碰倒了一个老头的蛐蛐罐子。罐子里的几只蛐蛐当然不会错过逃命的机会,三蹦两蹦便逃得无影无踪。瞬间,老黑成了众矢之的,一群老少爷们儿围了上来,让老黑赔偿老头的损失。他们说了一大堆奇怪的名字,比如青麻头呀紫金乍翅呀四环素牙呀之类的,总之只只来历不俗,价值连城,都是一些蛐蛐中的稀世珍品。还有一只叫大将军的蛐蛐,据说老头捉它的时候,它正跟一条毒蛇待在一个洞穴中,老头冒着生命危险先将毒蛇制服,然后才把蛐蛐捉到。在斗蟋蟀大赛中,大将军曾经有过将对手一口咬死的纪录。老黑本来在圈子里以能言善辩见长，但跟那些卫嘴子没说上几句，立马儿变得理屈词穷。这时，又从人堆里冒出一个中年汉子，他双手捧着血肉模糊的大将军的尸体。据说它是在逃生的路途中被人一脚踩瘪的。这招很见效，面对血淋淋的事实，人们变得群情激奋，纷纷谴责老黑的卑劣行径。老黑把心一横，跳上车猛轰油门，做出一副你死我活的架势，这才突出重围。即便在几年后，说起这件事时，老黑还心有余悸，愤愤不平。他的结论是作为曲艺之乡，天津人太爱逗嘴皮子，对发展经济丝毫不感兴趣。因此，具有多好的地理优势比如靠海，或给它多少优惠政策比如直辖市，根本没用。

另外，老黑发现天津虽然离北京很近，但对北京人的成见却由来已久。老黑把这归结为：一方面，这是由于曲艺太容易给人带来廉价的自给自足；另一方面北京的地势比天津高，每次北京面临大水威胁时，都有淹天津保北京这样的说法。谁让天津自古以来就是入海口呢。不管怎么样，老黑在天津没干多久便辞职了。在一个静谧的夜晚，他收拾好行李，锁好房门，离开了这座因终日吹拉弹唱而让他倍感闹心的城市。

太监故里

这次出门一开始就发生了怪事,去火车站之前到银行取碎银做盘缠,想不到卡一塞进去就被吞了。早知道这台取款机没吃早餐,先应该往里面塞三个包子,再来一碗豆腐脑外加一枚茶叶蛋,免得把我的行程耽误了。但不管怎么着,人都不能跟机器较劲,三十六计走为上,大不了手头紧点儿,别人吃肉我吃咸菜。上了火车后发现车厢里比预想的要挤,原来是民工提前返乡。虽然大家都买了坐票,车程也不过两个小时,我还是决定花30块钱去餐车图个清静。看到我花了钱不吃东西,餐车服务员显得有些兴奋。他们不但给我沏了杯茶,还给我安排了一个比较舒适的座位,以便呼吸新鲜空气。

中午在肃宁下车,准备在当地吃完午饭后再奔河间。跟接待的同志打听肃宁有什么名胜古迹,他们的神情略显错愕,说当地好像有个村办的皮毛加工厂比较有名,但我们可能不会太感兴趣。早几年当地还有个赌场，吃喝玩乐一应俱全，据说连拉斯维加斯和澳门的客人都到这儿来玩。后来被公安部门给封了。

在肃宁喝完大酒，到河间时天已擦黑。我们提出要去太监老家看看，这也是我们此行的目的。因为河间的太监跟京油子、卫嘴子、保定府的狗腿子同样著名。如李莲英、三德子等都是河间人。但接待的同志似乎不接这个茬儿。他们说那几个太监都是大城的，大城原来跟河间同属沧州，现在划给了廊坊。他们提议我们参观一下冯国璋的故居，冯曾担任过民国总统，好像还是冯巩的曾祖父。我们到了冯宅，发现大门紧锁。找人来开门，眼前却一片荒芜，以往的花园种了很多棉花。后来我们又去了毛屋书院，里面有毛苌的墓。但到了门口发现挂的是三十里铺中心幼儿园的牌子，而且门也是锁着，也是找人开开的。等大门开开天已经彻底黑了，但想到没有毛苌他老人家，也许我们就都读不到《诗经》，也就读不到"关关雎鸠，在河之洲"，表示一下敬意也是应该的。

晚饭又是大酒，杯子拿手里根本放不下，但作为男人又不能不举杯。一觉还没彻底缓过来，早晨又被叫醒去吃小米粥和驴肉烧饼。河北很多地方都把驴肉当成地方名吃，但据说只有河间的驴肉才最正宗。有人考证，当年的黔之驴指的就是河间驴。可怜到了沧州以后，由于这一路的奔波劳顿，好吃的驴肉烧饼和小米粥从我的口中喷薄而出，就像是电视台的现场直播。

狗子四十

再过两天就是狗子的四十大寿,这家伙终于到了吃寿桃的年纪。在这个平时视时间为粪土的人身上,粪土将再次显示它的存在。就在两天之前,我们还在外地陪一个姑娘看海。而我们所在的那座城市,不管朝哪个方向走,海都离我们很远。这不但意味着要搭上整个上午赶路,还意味着必须选择一个便捷的交通工具,就是说我们只能打的。虽然有一丝为难,但面对那个姑娘的执着和无辜的眼神儿,我跟狗子都没有坚持。我们都把希望寄托在下一站,却又不能确定下一站究竟是哪儿。

展现在我们面前的海一片混沌,跟期待中的景象有天壤之别。确切说这是一个渔场,因此海被填得很浅,同时又被围成很多小块儿,以便用于养殖和晒盐。渔村也不像渔村,除了有几只渔船停泊在码头,一间诊所的窗户上写着"矫正视力"尤其让我倍感怪异。我从没想过渔民的视力会出问题。他们至少比我们看得要开阔一些。但最怪的是几乎看不到渔民。据说他们都在睡觉，只是在夜里才出海打鱼，通常都是在凌晨两三点钟才回来，到早晨四点来钟再到集市把鱼批发出去。我突然觉得这些渔民的作息习惯跟狗子类似。生活在渔民中的狗子也许能写出一篇《狗子与海》传世。

出租车沿着堤岸走走停停。停下来时狗子望着远方一言不发，间或抽支国产香烟。数不清的蚊子眨眼把出租车罩得严严实实，我怀疑这些平时见不到人的幽灵，错把红颜色当成了血。

围堤坝转了一圈后，出租车彻底迷失了方向，最后把我们扔在一个三岔路口。时值正午，我们进了路边的一家小馆，点了酒菜。据说下午三点多有一辆去天津的客车途经此地。可快到三点时情况又变了，说客车五点才能到达。这时我已喝晕，对无休止的等待逐渐失去了耐心。关键是我发现狗子越喝屁股越沉，开始跟老板套瓷。通常这是他准备往大里喝的迹象。到时候即便来车，他也未必想走。我敢肯定他会要求在这家只能容下三张餐桌的小店过夜。在酒精的作用下，我们又会经历一场兴奋和疲倦，彼此把对方当成大山，从亲近依赖，发展到反感和忍无可忍。等第二天醒来后又把一切忘得一干二净。虽然这种情景最终没有出现，现在回想起来，这对狗子而言何尝不是恰当的庆祝方式。以边缘的姿态置身于离北京数百里的渔村，吃着大碗的海鲜，大口喝着金苦瓜啤酒，而不知老之将至。

南岳衡山

我站在祝融峰的峰顶上,一阵大风夹杂着雨点儿吹来,要不是我赶紧把手里的伞收了,肯定会被这阵风刮到山底下。后来在峰顶的石头上照相,说什么我也不敢站着,只是战战兢兢地在石头上蹲一会儿,照完相便飞快地下来了。据说那块石头神奇得很,上面刻了许多字,凡是来南岳的人都要站在上面许愿。可惜我太不争气,当时只顾害怕,哪里有心思去想别的。

从祝融峰上往下走,省检的老黄问我还看不看别的地方。我问他还有什么值得看的名胜,他说除了祝融峰,还有水帘洞、万广寺和藏经殿,它们以其高、奇、深、秀自古被赞为南岳"四绝"。我想了想,说算了吧,于是我们便直接回了宾馆。其实,从山上下来时,我还挺想再看几个地方,但因为衣服已被大雨淋透,车里开着暖风还直哆嗦。这副惨相使我看上去完全不像个游人,倒像在野营拉练。而且,老黄说他已来过南岳不知多少次了。听他这么讲,我也不好意思让他陪我受罪。不管怎么样,来这儿一趟,总算是到此一游吧。"四绝"没看成,看"一绝"也不赖。

这些年下来,算算也去过不少地方。我认为旅游点大体可以分为两类,一类如北海公园、颐和园,可以到此一游,多去了肯定会乏味。再一类如北戴河、南岳衡山,则是应该择时小住的。去一趟看看,什么都看不出来。从宣传小册子知道,南岳半山腰有个地方叫磨镜台,设有宾馆,四周松林参天,环境幽雅,气温宜人,是南岳避暑胜地。何健私邸也建在那儿,蒋介石偕宋美龄曾八次来南岳在此居住。这段文字证明了我的想法。

老黄说南岳的独特之处还在于佛道同集一山,有禅宗七祖道场和曹洞宗祖庭,还有道教朱陵洞天福地。我觉得这很正常,如此景色秀丽的地方,几家都看上了,都在上面盖房子也很自然。但我不懂宗教,怕说出来露怯,所以想说的话到了嘴边又咽了回去。

回到宾馆换了衣服,又匆匆下楼去祝圣寺素菜馆吃午饭。在大堂里碰到两个台湾旅游团,心想,只要香火旺的地方,总能见到台湾人。他们白天游览购物,晚上到酒吧喝酒唱卡拉 OK。与跟我年龄相仿的台湾人聊天,他们往往还会有意无意地透露出一点点黑道背景,弄得你总对他们另眼相看。

说到烧香,我想起了祝融峰上的祝融殿。那天上午,还没等爬到大殿,在台阶上便被一群打扮古怪的青年妇女围住了。其中一位妇女拿出一沓印好的彩纸让我填。我问她填什么，她说填我要许的愿。接着，她说出一大堆让我无法拒绝的理由，比如合家安康啊，大富大贵啊……说实话，这些都是平时在我心里萦绕的，所以就接过纸笔填了起来。但填着填着就看出问题了，有一张彩纸是求子的，我说我不想要孩子。妇女问为什么，我告诉她我老婆是绝代佳人。她没听出我在开玩笑，想了半天才说，那也填吧，来这儿的人都填。她的最后几句话很有诱惑力，她先问我是不是北京来的，又说南岳的寺庙很灵，而且是保佑远的不保佑近的。我说那是不是每年很多人都要来这里还愿，她说你填了这些纸就不用还了。现在我才明白，这位妇女实在精明，她知道像我这种香客骨子里不过是一些懒人。

我们去吃午饭的祝圣寺在南岳古镇的东街上，始建于唐天宝元年，原名弥陀台。午饭很丰盛，摆了满满一大桌子。所有的菜肴都是用蔬菜、面粉和豆制品做的，而且菜名都跟佛教有关，比如花开见佛、静养千年、罗汉聚会、六根清净等。在此之前，我也吃过北京的广济寺素菜、上海的法华寺素菜，但没听说素菜有这么多讲究。我发现祝圣寺跟其他地方素菜的最大不同，除个别菜肴的独特制法外，大多数素菜都带酸辣，也就是说它们完全可以归到湘菜菜系。这真是蛮有意思，我奇怪我为什么没在北京的素菜馆里吃出豆汁和油条的味道。

亚林和他的青年旅舍

青岛恒山路，是一条不足 100 米长的坡道，国际青年旅舍就在路的最上坡的地方。这次出门，犹豫了很久，直到不能再耽搁了。因为这季节（9月）去青岛最合适，天气不冷不热，海鲜不咸不淡，随着游人纷纷散去，飘远的啤酒花又飘回来了。当地人说，人少的时候啤酒最好喝。

我被亚林安排在 305 房间。它是旅舍最好的一间客房，坐北朝南，可以看见远处的建筑，可以看见院子里那棵大槐树，树上有个巨大的喜鹊窝。看得出来，喜鹊在此筑巢已经不是一天两天了，所以你得做好准备，万一哪天一大早喜鹊们就会把你吵醒。来这里之前，狗子阿坚他们就曾来过多次，他们形容得最多的，就是这家青年旅舍是在一栋老房子里，据说最早是青岛总督府的附属楼，也有材料说是迎宾馆的附属楼。不知道迎宾馆和总督府是不是一回事，但这栋楼附属的地位是肯定的。

那么,这栋房子最初的主人是谁,以前都谁在这儿住过呢?阿坚说这栋房子最开始是青岛德国总督的财务大臣住的,但亚林对此不太认同,因为根据他查阅的资料,这栋房子建于1937年,而总督府1908年就完工了,近30年间财务大臣不可能居无定所吧。后来,青岛交通局在这儿办公,再到后来,青岛传染病医院院长在这儿住过,然后它成了中铁几局的办公楼,还有一段时间作为会所。然后就是现在的国际青年旅舍了,它今年4月才开业,有20间客房,其中有3个标间,3个大床房,余下的就是38张床位,包括上下铺。房价按淡季旺季浮动。

如此说来,我住的那间应该算是标间了吧,有单独的卫生间,有抽水马桶,真是谢天谢地。另外,还有电视,但是没有电话,没有牙刷牙膏和拖鞋。肥皂盒里有一块药皂一块香皂,据说是为我特别准备的。本以为是他们的疏忽,一打听才知道,青年旅舍都是这样,因为它们接待的大多是背包旅行客,走哪儿都自备干粮。最主要的是他们秉承实践环保、节约能源以及自助助人的理念,不然的话,不会连卫生纸都不提供。

除此之外,青年旅舍还肩负教育功能,因此特别吸引年轻人。前一段时间,亚林就搞了一个户外项目,接下来还要做一个青年创作计划,使它们的理念能够得到最佳传播。但对我这种第一次入住青年旅舍的中老年人,就算是补课吧,一堂很重要的课。我年轻时受到的教育不是这样,或者不完全是这样。亚林介绍,他们旅舍有三个员工,两个义工。那两个义工都是在校大学生,分别来自苏州和杭州。一般来讲,她们在旅舍工作不能低于一个月,旅舍为她们免费提供食宿,她们在一定时间内提供劳动。

我跟亚林在北京就认识,主要是在一起喝酒。来北京之前,亚林在青岛经营一家书店,为了这家青年旅舍,亚林把北京的工作辞了。这次相见,亚林脸上露出一丝笑容,就好像一位老侦探看着嫌犯自投罗网。

旅舍没有餐厅,我们吃饭一般就去黄县路小皮酒店,它离旅舍不远,也就几分钟的路途。来过青岛几回,但这次才发现,青岛很多条路都是用它的郊县命名的,用这种方法熟悉青岛周边,其实蛮有意思。小皮酒店说是酒店,其实就是一家小餐馆,但这里的菜真的很好吃,而且量大。吃饭的时候,看到一辆卸酒的车,亚林说这是青岛街道的一景。亚林还说他们旅舍将来也准备开间餐厅,我听了好奇,是不是客人在餐厅用过餐,也得自己刷碗呢?依此类推,将来就算提供牙具,会不会强迫客人自己挤牙膏呢?

青岛是座很硬的城市,从海风到建筑,只有午后的阳光是软的。因此,闲来无事时在院子里晒太阳是最好的享受。也许会有药农来院子里打药,因为有的客人不喜欢蚊虫、蚂蚁。这一招很有效果,我亲眼看到一只幼蚊在桌子上挣扎着死去,仿佛是专门死给我看,我只好把手里的咖啡轻轻放下。药农说他们每隔一天打一次,直到没有蚊子为止,然后接下来就是冬天,青岛的冬天十分漫长,从11月到第二年的 5 月。这段时间是旅舍的淡季，亚林会面临诸多经营上的难题，主要是供暖，这栋老建筑里没有供暖系统，有关部门又不允许进行改造，因为这是文物，而所有的文物到了冬天都要进入睡眠的。

1921年的另一件大事

滦县老城离新城有七八公里,坐出租车不到半小时就到了。听从当地朋友的建议,我先去看了看滦河。可能是因为天旱,河水比我想象的还浅,水面上露着大大小小的石头。远处的山就是燕山,山顶上的塔叫金宝塔。据说这塔是用于镇河的,塔里有一尊金佛和一柄宝剑。三年前有窃贼将金佛和宝剑从塔中盗走,滦河水竟向西移了很多。要不是公安部门及时破案,滦河水弄不好得改向。金宝塔的另外一个神奇之处,就是每到正午时分,它的影子就会正对着县衙门口。这在一般人看来也许是巧合,但在风水上却大有讲究。当年杨三姐正是在这县衙门口击鼓告状,如今这县衙只剩下门廊和四根门柱。评剧《杨三姐告状》又名《枪毙高占英》,根据滦县狗儿庄的真人真事创作。新中国成立初期,中国评剧院重排此剧,新凤霞为扮演好杨三姐这个角色,专门到滦县拜访杨三姐,却吃了闭门羹。原来因婆家的富农成分,杨三姐被定为富农分子，因此为人处世十分低调。

　　再往前走就是老城的西门，滦县四座城门中唯它还以废墟形式保留着原貌，而其他几个城门连昔日的砖头都不见了。我注意到城墙根儿下有一根硕大的弯梁，看上去至少有四五米长，不知道是从哪栋古建筑中拆下来的，为什么被人放置在这儿。本想蹲下看个究竟，无意间看到一个穿跨栏背心，手拿蒲扇的老头在远处警惕地观察着我。我不由得心里一阵发毛。说老实话，很多东西你不理会它，它就会被人长年扔在那儿碰都不碰。你一旦对它发生兴趣，它立刻在那些人眼里成了宝贝，死活不肯撒手。很多东西都因此完蛋了。

　　从老城出来，朋友建议我去看看夷齐庙遗址，或者看看燕山十八洞，要不然就去尝尝郝家火烧。夷齐的故事我知道个大概，孤竹国的这哥俩儿，在父王去世后因谁也不愿继位而相继逃走。燕山十八洞则比较搞笑，相传每个洞里都有妖精。有人从中发现商机，准备把这块地方开发成高尔夫球场。广告词就是燕山十八洞，洞洞有妖精。权衡之下，我决定还是去吃郝家火烧。可一看时间才下午四点钟，朋友说就这个点儿去正合适，否则到了饭点儿反而吃不着了。虽然滦县郝家火烧铺有好几家，但就属1921年创办的这家最为正宗。1921年在中国历史上发生了两件大事，其中一件就是郝家火烧铺开张，它香软酥脆的口感，加上香喷喷的何家猪头肉，刚一上市就获得了"蛤蟆吞蜜"之称。

扫北京的边儿

我曾经有过一次无聊的经历,一天下午去宛平城办事,从出版社出来后,一看时间还早,突然想到卢沟桥上数狮子。但上了桥我就晕了,那么多狮子哪儿数得过来。我决定站在桥头照张相,也算是不虚此行。说到照相,我有个坏毛病,不喜欢照片里有陌生人。当时好像是下午4点多钟,夕阳正准备西下,景色很美,而且桥上没有游人。但摄影师正要按快门时,我回头看到桥那边走过来一个老大爷。桥很长,老大爷走得很慢。如果当时照就没事了,老大爷在照片上留不过是个小点,但我当时不知为什么发了神经,偏要等老大爷走过去。当老大爷好不容易走到桥这边时,又有一个女同志推着自行车要过桥,我跟她商量能不能稍等片刻,她说不行,她正着急上班。她的话让我于心不忍,关键是我担心等她骑过去时又来别人,只好把相照了,照片拍下了女同志飞驰而去的背影。说实在的,我很喜欢这张照片,包括照片上的女同志，因为照片上的景致实在是太静了，没有她会显得十分虚假。照完相我又在桥上待了一会儿，我发现桥下已经干涸了，大堆的鹅卵石裸露在河床上。离卢沟桥不远的地方还有一座桥，但很难看，显然是为了减轻卢沟桥的负担而建的。

其实卢沟桥离北京不远，离六里桥不到 10 分钟的车程。奇怪的是我一到那儿便以为到了外地，这种感觉对于轻易不出门的我来说，无异于意外惊喜。除了卢沟桥和干涸的河，宛平城里还有几家古董商店，其中一家的仿万历青花碗做得足以乱真。那儿的抗日战争纪念馆也举世闻名，烦日本人时可以看看。在我办事的盲文出版社，我平生第一次看到了盲文打字机和盲文版的《钢铁是怎样炼成的》。它那巨大的部头，牛皮纸装帧，让我觉得书中讲述的不是一个革命者的奋斗经历，而是祖先的智慧。我知道这是错觉，但我宁愿把它当成我的意外发现。

要说纯粹到北京的周边地区去玩，我只记得有一次跟老鸭和她的两个朋友去昌平农家小院吃晚饭。当时我们想吃烤全羊，但被告知吃烤全羊只能预订。我们只好一边看着一只只香喷喷的羊在火中翻转，一边把口水咽到肚里。那天天气很好，周围有山有水，虽然不算风景名胜，置身其中，也算是拥抱大自然了。在农家小院，我们受到了热情的接待。从那些农民的眼里可以看出，城里人都出了问题，不然的话不会大老远地来到穷乡僻壤吃粗茶淡饭。但如果城里人真有了病，他们就不敢接待了。但不管怎么样，那天的乡下人还是表现出他们的质朴一面，菜的量很大，不是刚从地里刨的，就是刚从树上摘的，要不就是刚刚宰的。受这种氛围感染，我们放开酒量，没过一会儿便集体大醉。从昌平回城，一路上看到狗在交配，鸡在吵架，给我留下深刻的印象，以为所谓太平盛世也不过如此。

  最近我又在通州发现一个好玩的地儿。在北京城和通州交界处，有一个叫京通苑的楼盘。那里有家私人会所，女主人能歌善舞，热情好客。我在那儿搓过几回麻将，每次都是满载而归。本以为是女主人以此行贿或洗钱，仔细观察又不太像，只得把这归结为她的牌技太差。这么一想，反而赢得十分不好意思。在京通苑，你别想看到自然风光，但能品到幸福花园专供的香槟汽酒，吃到从天津运来的包子。在鏖战一宿后，你可以到楼下游泳，或者做做美容美发、中医按摩。到了饭点儿，我推荐你去一家小区内的家常菜馆，那儿的京东肉饼非常有名，另外，一定要喝一罐这家菜馆的老鸽汤。据说那些鸽子都是从中东运来的，十分稀有。而且汤里还有一些名贵药材，很多疑难杂症都是在喝汤的过程中被不经意地治愈。很多客人去那儿吃饭，都是冲这罐汤去的。饼可以多要几份，吃不完没关系，可以打包。汤喝不完也不要紧，你可以把砂锅带走。

添毛病之旅

几个朋友说要去山西的原平,并把这次旅行称为毛病之旅,目的是把每个人身上的毛病都改一改。比如有人说话之前必须站起来,这次就打算看他一要说话就把他按住,直到他习惯坐着说话。还有人说话时手势过多,尤其喜欢指着别人,这次就准备在他身后安排一个壮汉,还没等他来得及抬手时,就将他的胳膊迅速反剪。这招儿狠了点儿,很像对付持刀歹徒,对朋友显然不太合适。但大家都认为,不这样就不能帮朋友改掉坏毛病。我对这次旅行的目的十分赞成,同时也意识到,朋友之间相处太久了,看似不起眼的毛病也会变得令人难以容忍。因此有必要进行一次这样的活动,使大家的友谊更加纯洁。遗憾的是这次活动我不能参加,因为从北京到原平没有快车,我受不了在火车上干耗。倒是有一趟特快路过原平,只可惜不停。我总不能像铁道游击队那样从车上跳下去。受伤不算,可能还落个逃票之嫌。我不去的另一个原因是我不相信人能把身上的毛病轻易改掉，弄不好再添几样新的毛病岂不更麻烦。

不过，细想起来，大家的毛病的确不少。就拿聚会来说，有人专门喜欢迟到，有人喜欢不告而别。有人喜欢痛说革命家史，有人喜欢跟女人大献殷勤。有人把着自己爱吃的菜一通猛吃，有人坚持让大家转勺、划拳、猜牙签，有人边吃边挖鼻孔，有人吃美了腿抖得像触电。至于我本人，我不觉得我有什么毛病。所以我的毛病都是别人给我总结出来的。比如，我老婆总说我喝酒逞能，几杯下肚就变得妙趣横生。据说这次他们治我的方案就是让我酒后枯燥乏味。我老婆还给我总结了其他几条毛病，比如从不吃剩菜，不爱洗澡但勤换衣服，搓麻上听后点一根烟等。但我觉得这些毛病其实不过是习惯或者特点，不像有些人的毛病，祸害自己不说，还祸害别人。就拿结巴这件事来说，有研究表明，跟说话结巴的人待久了，也能受到传染，从而导致表达障碍。还有人病得很重，明明没吃偏说吃了，明明喜欢偏说不喜欢。这种毛病还真不好治，治不好会让人家产生误解。有的人的毛病更怪，一个读报不是为了看新闻，而是挑错别字，不知道的还以为他是校对。另一个是拿起电话，一定要先等对方说话他才吭声。这个毛病也不好改，除非在电话那边你也不吭声，俩人看谁沉得住气。我还真试过这么一次，结果这家伙居然把电话挂了。

京西古道

这次来法海寺本想看看传说中的壁画,想不到到了地方,才发现壁画已被有关部门以保护为由,用水泥给糊上了。好在离寺不远处有家茶肆,供游人纳凉歇脚。虽然茶费贵得特离谱,但不喝几杯总觉得枉来了一趟。毕竟山间的泉水不是随便就能喝到的。可惜我不懂茶,视其与口香糖没什么两样,嚼到快没味儿时不吐不快。

山间的太阳总比城里的落得要早,飞鸟投林,我却一时不知下一步去哪儿。关键是我发现在这儿坐久了,花腿蚊子比老板还高兴。幸有同伴提醒山下就是著名的京西古道。当年往来于京师与西北间的煤、大牲口、木石都要由此处经过。

来到古街上,首先看到一个旧门楼。上面的谯楼已不见了,两侧的墙基也只剩下一个大概。看门楼边上有家古董店,推门进去,里面低矮破旧,瓷器大多却是新的,有的摸着甚至还烫手。再往前走是一家智障学校,隔门望去,里面的孩子都很快乐。有趣的是宦官田义的墓竟然紧挨着派出所,想必这会给他老人家的灵魂一些安全感,夜里睡觉也不至于被盗贼惊醒。

这条街的建筑很有特点,屋顶大多铺着青石,快到屋脊时再铺瓦。不知道其中有什么讲究。再看道路两侧的古槐和柿子树,觉得这条古街确实有些年头儿,而且至今人气十足。店铺的门板上贴着蚁力神广告,小餐馆的招牌上写的是天津包子。另外,街上还有各种诊所,美容店 5 块钱进去就能做一次全身按摩。

我注意到这条街上的女人都比较剽悍风骚,她们要不怀抱着孩子,要不就是干着倒垃圾之类的脏活儿累活儿,但她们的眼神儿却是媚的,估计当年吸引了不少商贾和脚夫。街上汉子很少,估计都到外面挣大钱去了,有的只是几个老人在打盹儿,在他们身上时光仿佛静止了。

在外地很少能看到类似的黄昏景象,保存完好的宅院(它最初的主人想必是位成功人士)。一只京巴伫立在墙头向远方望,一堵墙壁上还保存着当年布店的字号,看墨迹应当是又经描过的。但就算这家布店还在又能怎样,这时辰也该打烊了。

好大一个臀

我在三里屯喝酒的年代,还没有酒托,也基本上听不到东北口音。喝酒完全凭自愿,而且是真喝,而不像现在,点一小瓶啤酒,一耗就是一宿。当时还不认识于一爽,一起混的女的都很能喝。当时也不知道什么叫太古里,更想不到十多年后的年轻人,会深更半夜来这儿排队买苹果手机。啤酒大多喝 Crona 或喜力,还有一种发音类似狗屎的荷兰啤酒。洋酒主要喝威士忌,杰克丹尼、黑方、行者尊尼一类的,后来又兴起喝单一麦芽,喝人头马会遭人耻笑,原因可能是太不文艺了。比较烈的有龙舌兰,长岛冰茶,以及燃烧着的 B-52。记得一次,有个穿粉衣服的女孩一个劲儿地闹着喝 Pink Lady,最后喝大了。必须说的是,那时候假洋酒还比较少。另外,那时的爆米花好像只有甜的,咸爆米花后来才出现。或者当时就有咸的,只不过我不知道而已。

在三里屯酒吧,不记得有谁喝得大醉,但也常常会喝到断片儿。

这些断片儿后来成了集体记忆，所以每个人说的都大同小异。就像是一个传销组织被破获，审讯后得到的口供肯定差不多，谁说都一样。如果太过出格，反而不真实。有一回狗子在"王吧"喝酒喝大，走的时候穿错衣服，把酒吧主人的皮夹克穿走了。发现后主人的红颜知己冒着冬天凌冽的寒风追出门外，当时狗子已经上了一辆出租，皮夹克被生生从身上扒了下来。这件事被我写进《我们都去海拉尔》，没有讽刺狗子的意思，喝大了穿错衣服很正常。

还有一回是在南街冰冰（不是演艺圈的那俩）开的酒吧，一个来自江南的小女子喝醉了，穿着旗袍直接躺在露台上。由于她醉得太过突然，我还以为这个丫头香消玉殒了。那是我第一次看到真人穿旗袍，之前都是在老上海的月份牌上。哪承想若干年后，三里屯变成了类798，而太古里则成了各种奇装异服的秀场。

在酒吧除了喝酒，还会玩牌。当时还不兴玩斗地主或者德州，主要是玩梭哈。在人们眼里，我是梭哈达人，曾经取得过骄人战绩。至于都赢过谁，考虑到为尊者讳，就不披露细节了。后来我才发现，我在酒吧玩牌比在其他地方的手气都好。当时在酒吧玩牌很普遍，尤其是在北街的上岛，哪儿像是咖啡馆啊，完全成了棋牌乐，想必出售扑克牌给它们带来不少计划外的收入。

转眼将近20年过去，最早在三里屯喝酒的那伙人跟最早在北京骑摩托的一样，到现在没剩下几个了。不是说人不在了，而是混不动了。现在想起来，泡吧真的没什意思，因为酒吧环境昏暗嘈杂，如果有乐队，面对面说话都听不清楚，只能对口型（还有可能被喷一脸唾沫）。现在我听力下降，估计就是当年泡吧留下的后遗症。但是嘈杂有嘈杂的好处，可以为喝酒而喝酒，而不必聊什么电影以及其他艺术门类。

不管如何，后来就不喜欢去男孩女孩这类的地方了，一是因为年龄大了（即将奔四），二是因为三里屯酒吧太过喧闹（而且不好打车）。我更喜欢去南街金谷仓，宽敞、舒适、明亮。再后来金谷仓也懒得去了，更多的是直接去餐馆吃饭。记得常去的有金芭蕉（是金芭蕉吗），三里屯北口靠"王吧"不远，是一家泰餐厅。还有南街的粉酷，它们经营什么菜已经忘了，只记得二层的地板是透明的，能直接看到楼下。每次踩在上面都两腿发软，恐高症当场复发。悬崖餐厅的效果也不过如此吧。

南街还有一家醉三江，贵州人王强开的。我最爱吃它们的火烧茄子，它是一道凉菜，茄子有股烟熏味，配上捣烂的辣椒和西红柿，佐以辣椒油和蒜末，令人胃口大开。另外，Jazz-ya 也是一家我比较喜欢的餐馆，每次去都会点它们的金枪鱼吐司、蛋包饭、嫩烤牛肉以及盐焗白果，有时也会点生鱼片之类的。听说它们又在东直门一带开了一家，有空一定去吃。这可能是三里屯唯一一家吃了还想再吃的餐馆。

后来听刘伟说了这家餐馆的来历：1991 年的时候，鼓手 Funky 末吉闲得难受，在新宿三丁目开了个帐篷排档，做点儿中餐小炒，酒类齐全。刘伟下班没事就去混。有天他拉着一个叫安田的胖子来说要回北京开店，钱由他出，店由安田管。因为 Funky 喜欢 Jazz，所以要叫

Jazz-ya。Ya 就是屋的意思。原来设计的是 Funky 要定期在那儿演出的，但没过几年，店真的姓了安田，Funky 反倒成了局外人。至于原因 Funky 不愿多说。后来他还是敲他的鼓，他是亚洲最牛的鼓手。Jass-ya 依旧火爆。

总而言之，除了一些背后的故事，我觉得三里屯这个破地方真没什么好聊的，不就是喝酒吗？不就是浪费时间吗？但是有些人仍然有严重的三里屯情结，他们每次谈及三里屯必饱含深情，似乎只有酒吧才能留住我们迟来的青春。如果我当了三里屯管委会主任，第一件事就是在最黄金的地段，给他们塑一组雕像，让他们不分昼夜为三里屯代言。而且只需一句话：三里屯，好大一个臀。

杨梅竹斜街

把杨梅竹胡同称作斜街比较勉强,因为它基本上还算是正东正西,但我看到的是改造之后的状况,之前是什么样子没有概念了。总之,跟鼓楼的烟袋斜街比,杨梅竹笔直得不是一星半点儿。有一种说法,北京所谓的斜街,大多没有经过规划,而是依河道自然形成的。元代的时候,这里的商业就十分发达,但是如果为此专门修一条路,远不如用人脚蹚出来的方便划算。但是这一带以前是否存在河道,还需要具体考证。

至于这条斜街的名称,据说来自一个杨姓的媒婆,杨梅由此而来,跟竹的关系不大。这就不得不提到这条斜街曾经有过一个更响亮的名字——八大胡同,这是它跟附近七条小巷的合称,民国期间最热闹时,号称妓女有8000之多,俨然蔚为大观。胡同里的青楼早已不见,但至今还保留着青云阁,这是一栋被称为轿子楼的砖木建筑,是当年京城最著名的商业以及娱乐场所，蔡锷和小凤仙也是在此结识的，小凤仙爱吃普珍园的名吃辣子凤节（味道大概类似泡椒凤爪）。鲁迅知道了，不知做何感想，想必是又要写篇杂文吧。实际上，周氏兄弟也曾多次来此饮酒作乐，鲁迅在他的日记里就特别提到玉壶春的春卷和虾仁面。青云阁现在是一家酒店，杨梅竹这侧是它的后门，正门应该在相邻的观音寺街。

今年春节年初二，突发奇想去琉璃厂逛厂甸庙会，到了以后发现，所谓庙会，早已不复当年的景象。大多数店铺都没开门，开着的几家，大多都在出售旅游纪念品。索性沿琉璃厂东街向东一路前行，便来到了杨梅竹斜街，眼前顿觉开朗。虽说是胡同，但比一般的胡同略宽，而且没什么游客。路边，一位老大爷在做糖人，一位大妈在一旁看得认真。据说这条街改造之前，政府动员搬迁，但很多住户不愿迁走，开发商也不勉强，所以沿路看到的尽是创意门店跟民宅（包括棋牌室、理发馆以及平价超市）相邻相伴的情景，大家井水不犯河水。

走进一家古玩店，看上一件唐代的酱青釉三足鼎，经过一番讨价还价，终于如愿以偿，将其收入囊中。还有一件宋代的哥窑葫芦瓶，因为店家开价太高，只好放弃。在这条街上，能开出天价的不光是文玩，在一家名品店，一个英国的帆布书包便开价3200元。还有一家门店，门楣上方是一个繁体的药字，开始还以为是一家药店，后来才发现是一家服装店。还有一家叫素园的小店，看着像一家素食馆，实际上不过是小店的装饰比较朴素，它们主要经营的是一些居家小摆设。不过这两家还不算最过分的，几家文化创意的工作室从外面看完全不知所云。也许，不知所云正是文化创意的真正内涵。

斜街上有好几家餐馆，其中包括一家湘菜馆和一家东北农家菜，但最合我意的是铃木食堂，它坐落在一家小院里，院子是按日本庭园布置的，铺着长条石头，周围铺着黑色的碎石，另外还有一棵老树。这季节正好点一份牛肉火锅外加一份铃木肉饼。说到肉饼，我必须承认自己是个肉饼控，从带面皮的到没有外面的那层皮，可以直接吃肉馅的。只可惜没到营业时间，想吃只好等下次了。铃木食堂在南锣鼓巷也有一家，这不由得让人把这条斜街跟南锣鼓巷做一番比较，我认为两者差得不止一条街，原因我就不说了，逛过这两条街的自然会得出结论（我比较喜欢杨梅竹，倒不是因为有文玩店，而是没有创可贴以及衍生产品），这不由得让人长长松了一口气。

这个院子里除了铃木食堂，还有一家铃木商店，主要经营日本陶艺制品，还有一些杂七杂八的日用品，比如饭锅之类的，有日本的、欧洲的，还有国产的，但就是不卖摩托。早就知道日本人对陶器情有独钟，甚至到了偏执的地步。他们采用古法制陶，做出的陶艺制品至少在表面上，丝毫不比古陶差。再过七八百年，照样可以乱真。

杨梅竹斜街还以书局扎堆儿著称。这条街上现在就有一家模范书局，说是书局，我觉得其实就是书店。而过去的书局，更接近现在的出版社，是自己可以做出版和发行的。民国年间，这条街上有七家书局，很可能其中一家就是模范书局的前身。模范书局的书不多，也就几架，大多是人文类的,其中还有一些外版书(包括港台)。我看上几本可买可不买的,结果如你们所知,当然是一本没买。

玉渊潭公园

水在北京比较稀罕，有水的地方几乎都建成公园了。玉渊潭公园就是因玉渊潭湖而建的，北京城西边，好像也就是玉渊潭和紫竹院这两片大水。再往西就是颐和园，不过，它在城外，去那儿的多为外地游客，跟居民区就没多大关系了。

进公园右转不远处有一条溪涧，它连接着玉渊潭和八一湖，通向玉渊潭有一道闸口，据说是用于排洪。水流不大，却发出巨大的轰鸣声。有时，小溪的两岸会聚集很多摄影爱好者（其中不乏专业摄影师），一打听才知道他们在拍一只翠鸟。我看到过它一次，长着翠绿的羽毛，落在枝杈上翘首引颈，一副王者风范。那些摄影爱好者长久地等待，就是为了捕捉它扎进溪水中捉鱼那一瞬。

还有一些摄影爱好者喜欢拍夕阳下的电视塔以及荷花。

公园西侧靠近西三环的地方，曾经有一座铁桥，走在上面晃晃悠悠。不知为什么，铁桥后来拆掉了，取而代之的是一座水泥桥。走在上面没有任何意思。这件事说明了管理者对建设有着异乎寻常的热情，这么多年，他们总是不停地在公园里修这建那，几乎没闲下来过。

玉渊潭分东湖和西湖，中间隔着一条堤岸，两个湖通过一个拱桥连接。不知为什么，前些日子这个拱桥被拆除了，据说要建一条更大的桥，完工要等到明年三四月份。我想，明年3月份不完工也得完工，因为4月份就是樱花节，是玉渊潭公园一年一度最重要的节日。除此之外，公园每年还要举办一些各种名目的活动，从美食到产品展卖。其间，安静的公园会变得热闹非凡，门票也会从2块涨到10块。

平时逛玉渊潭，我都是从南门进从东门出，顺便在东门的冷饮摊喝一瓶酸奶。南门检票很松，工作人员睁一只眼闭一只眼。东门检票就比较严格，亲眼看见有游人说忘带月票，让回家去取。其实，在我看来像玉渊潭这样的公园是不应该收门票的，来这儿逛公园的，大多是像我一样附近的居民。

另外，我觉得公园除了散步之类的，不应该有过多的功能。在西湖岸边，常年竖着几块牌子，上面的内容从孩子考不上大学得了抑郁症怎么办，到皮肤病患者的注意事项。真是纳了闷了，是为了让人看了添堵吗？后来才知道，园方也不是完全没有道理。一次，狗子问我有没有注意到每到傍晚时分，玉渊潭的上方总会出现一团黑云。狗子家在公园北岸航天桥东侧，正对着玉渊潭北门。狗子说因为公园里有个癌症病人疗养院。后来注意了一下，在逛公园的人群中，确实有一些面容憔悴的人，或步履蹒跚，或坐着轮椅。

除了这些科普牌子，樱花节期间，公园里还会贴出很多谜语，有一次我苦思冥想寻找答案，基本上没心思欣赏樱花了。真正可怕的是公园年年都会淹死人。当然有很多人在湖里游泳，他们大多数是中老年人。一天吃过晚饭，看到很多人在整整齐齐地跳着僵尸舞，不禁不寒而栗。

公园的南侧，还有一个八一湖，应该是一条护城河。过去分不清楚，觉得八一湖和玉渊潭是一回事。其实玉渊潭是玉渊潭，八一湖是八一湖。八一湖边上有一块公园管理处竖的告示牌，大意是河道内冰面非玉渊潭公园管辖，请不要由公园栏杆进入河道，如果不听从园方工作人员劝阻，无视园方牌示敬告内容，由此产生之后果自负。由此可见，园方跟八一湖之间关系之紧张，而且之前可能确实出过意外。沿着八一湖水路乘船一路向西，可以直通颐和园。半路会经过万寿寺，据说当年慈禧去颐和园时曾在这里歇脚。

天气好的时候，我每天会去玉渊潭走两趟。曾经碰到过田小青、狗子和阿坚他弟。田小青家住在复兴门，离玉渊潭大概三站地，来公园要骑自行车。本想来健身，结果被我捉去喝大酒，心里叫苦不迭，整个人都不好了，后来就很少再来这边。遇到阿坚他弟那次是大清早，我刚进公园，而阿坚他弟正准备出门，他说他天不亮就来了，感觉我们俩是在交接班。遇到狗子那次，好像他跟小柳和小狗一家三口，也被我捉去喝酒。后来狗子说一开始他就有一种预感，会遇到我。他假装不经意地向我打听我平时在公园里的行走路线,我想,极有可能是为了下次逛公园时避开。狗子说他有时会一个人逛公园,主要是为了醒酒。喝酒的人有这种体验,在大酒之后会产生抑郁,必须通过行走解决。在家里越待越绝望。

阿坚在他一本书里写他70年代当工人的时候,揣着刚发的工资(大概30多块钱)来玉渊潭游泳,结果把钱丢了(好像是把钱揣到游泳裤的小口袋里)。他把水底摸遍了,又守在水闸旁直到天色彻底黑透,最后还是没找到。据阿坚自己说,为了惩罚自己,吃了一个月的咸菜和棒子面粥。

独乐

苏州出名人。《三字经》里说的窦燕山,就是苏州人。记得有个小学同学,老把这句话念错,明明是"窦燕山,有义方",到他嘴里不是读成有秘方就是有偏方。老师大怒,说你以后干脆卖药去得了。所幸后面那句"教五子,名俱扬"没被他理解成这位窦老先生没事就教人下五子棋,而且跟他学棋的都成了大名。否则的话,一部《三字经》就必须彻底改写了。

这次去独乐寺我也差点儿露怯。寺内有两尊"斜视"菩萨塑像,我上前仔细观察,觉得二位的眼神没什么毛病。看说明才知道人家不是斜视而是协侍,即在旁边伺候着的意思。据说协侍菩萨修行层次很高,其觉悟仅次于佛陀。在没有成佛前,在佛陀旁边协助佛陀弘扬佛法,教化众生。

独乐寺的观音阁上,是李白的书额。运笔洒脱而不失工整,比后来张伯驹先生送给毛主席的那幅《上阳台帖》强多了。

自1990年始,文物部门对独乐寺进行了历时8年的修缮。工程实施半落架维修,拨梁正柱,剔腐除朽,基本上保留了唐辽法寺的神韵,恢复了千年古刹的雄姿。但也把一棵千年古槐给修死了。难怪这回寺里闹鬼,就有老人说是那棵古槐显灵。后来当然查出,那深夜从古刹传出的哭声跟树没一点儿关系,而是来自一群名为大足鼠耳蝠的蝙蝠。地上发现的小鱼尾巴和田螺,是它们从几里地之外的翠屏湖水库叼来的,以便在夜深人静时慢慢享用。

其实这些蝙蝠有所不知,翠屏湖水库里最好吃的鱼是一种金鳞赭尾的鲤鱼。它肉质嫩、味道鲜,很少有鲤鱼能出其右。但就算它们知道又能怎样呢?也未必能把它吃了。呃呃呃,就是这样一条鲤鱼,摆上了我们第二天中午的餐桌。

独乐寺白塔

　　大队人马到了蓟县已是中午。在一家驴肉馆坐下，从窗户可以看见独乐寺的白塔。蓟县的啤酒不太好喝，有股酒糟味儿，但这家的驴板肠儿熏得真叫地道。另外，还有咸菜炒小黄鱼黄豆、野兔丸子汤以及皮皮虾肉炖白菜豆腐。头一次知道野兔肉是膻的。但最值得一提的一道菜是蒸南瓜，把一个整南瓜拨开，里面居然是蜜枣、山药和葡萄干。当然，这些蜜饯的味儿全在南瓜里头，吃着让人酒量陡增。对了，他们的炒鸡蛋也很好吃，看着葱啊姜啊什么都没放，搁在盘子里黄澄澄的，很有卖相。也许是地处北京的东边，蓟县的馅饼比北京的强多了。有一种类似懒龙的肉饼，有好几层，切得四四方方的，让你吃到撑。据当地接待的同志讲，就是中央领导来了，给他们吃的也就这些。听说过去还有个大北京计划，准备把蓟县并进去，只是夹在中间的三河不同意才作罢。不然的话，蓟县特产都成了咱北京特产了。后来蓟县没办法,只好硬着头皮被划进天津市。

独乐寺白塔建于辽代,1000多年来都是玉柱直擎,只是因唐山大地震受到毁损,于20世纪80年代初才修缮过一次。在拆落过程中,怪事发生了。人们发现塔里居然有无数条蛇,显然是护塔的。由于常年不见光,这些蛇都变了颜色。人们赶紧终止了修缮,尽量让塔保持原样。但真正让人吃惊的事还在后面,白塔的地宫居然被盗了,而主犯就是当时的县方志办公室主任。他找来几个村民,在离塔不远的地方租了一处民房,花了一年多的时间,用无声炸药开通了一条通往白塔地宫的隧道。地宫里的宝物被洗劫一空。这件事很长时间没人发现,直到有几件文物在境外现身,才引起有关部门的重视。最先抓到的是一个村民,因为他一反常态,又买车又盖房又娶媳妇的,抓到派出所一问,很快就招了。一些珍贵文物如镏金佛像、水晶龟和白玉舍利瓶虽被追了回来,但主犯至今还没被判刑,因为没人知道失窃的宝物究竟有多少。

丹霞山的物产和图腾

那天的女导游指着眼前的阳元石说,只有从这个角度看,它才像一个阳具,从其他角度看,它更像一个大象的鼻子或吐出来的舌头。我却怎么看怎么觉得它像一个丹霞的"丹"字。但不管这块高 28 米、直径 7 米的巨石像什么,都毫无争议地成为丹霞的象征,同时也成为很多人眼中的图腾,每年吸引着大量的游客,其中很多来自日本和韩国(景区门口的解说词便有日文和韩文)。导游强调,据地理学家考据,这块阳元石已经在这里至少 30 万年而屹立不倒,换成一般人,早就力不从心了。其实,这块神奇的石头每年都在发生变化,都在变细变小,同样也是来自大自然的力量。

参观了阳元石便乘船游览锦江,两岸群峰突兀奇崛,江面上飞着水鸟。民国之前,浈江—北江的水路运输一度十分繁忙,后来随着粤汉铁路的开通,锦江的航运功能逐渐衰落。不过我觉得这样也很好,可以让当地政府一门心思发展旅游业。

第二天又去了锦石岩寺。这座寺庙坐落在半山腰，最高处是长老峰。头天游江的时候，导游指给我们看过。当地有一种说法，不上长老峰就等于枉来丹霞山。如此说来，我枉来的地方实在太多了，少去一两处也罢。关键好些人登长老峰的目的是为了看日出，我们到了公园已经是将近中午了。用的是头天同一张景区门票，同样要验指纹。

锦石岩寺建在山崖上，借着山体侵蚀和风化形成的岩穴，开凿成一间间独立的庙堂，而不像多数寺庙的庙堂，都是串联在一体的。小一些的岩穴里撑着很多根竹竿，据说是在家里受老婆气的男人摆放的，为的是顶天立地。

看过一组摩崖石刻，便来到了五观堂。几个僧人和居士正在用膳，经过许可后我进去看了一下，发现铝合金的小盆里盛着榨菜、炒丝瓜、炒豆腐、炸素菜以及拌橄榄。橄榄去核，像是用油浸过，乍看还以为是蘑菇。主食是米饭。

这次来丹霞，第一顿饭就是在周田吃全鱼席，周田是张九龄的老家，至今还留有张九龄爷爷和奶奶的祖坟。全鱼席主要是当地水田里养的草鱼，味道虽鲜，但是刺多（让我联想到院子里那一棵巨大的仙人掌）。他们说这里曾是学校，难怪吃饭时仿佛能听到孩子们琅琅的读书声。我就是因此走神，被鱼刺卡了。慌乱中赶紧喝了两大口白醋（不是醋精），因为没有馒头，还咽了两大口米饭，不管怎样，等于变相吃主食了。平时在北京喝酒都是不吃主食的。

以为丹霞没什么特别的美食，直到有一天在原色客栈吃了一道酸笋烧大肠，才知道什么叫不经意间的美食。在丹霞山还发现当地产的一种青绿色的梅菜，说是没有用盐腌过，也适用于烧肉，下次一定要尝尝。丹霞的酒杯也很有特色，很小的透明塑料杯，很像医院里化验用的那种。吃饭前桌上摆着一个大脸盆，一问才知道是用于冲洗餐具的，本以为是用来金盆洗手的呢。后来去广州、深圳，情况大抵也是如此，只不过脸盆换成了稍讲究些的盘子。

下山的时候，发现锦石岩寺旁边种着几棵柚子树，树上的柚子都用塑料袋精心地包着，据说是为了防虫。寺庙的果树当然不能打农药。后来专门打听了一下，原来，丹霞的柚子是从广西引进的，因为丹霞跟广西的地质情况相似，都是沙坝地红土壤，十分适合沙田柚的种植。我对南方水果不熟悉，觉得它们又贵又不好吃。当然也有例外，诸如柚子和荔枝。据当地人讲，沙田跟蜜柚相反，蜜柚越放越酸，沙田柚越放越甜（抑或相反，我没记住）。本地产的上好的柚子本地人吃不到，要吃也要等到中秋以后。

锦石岩寺僧人栽种的兰花也很有名，其中有一种叫丹霞达摩兰的。另外，石斛也属兰花，丹霞山便出产铁皮石斛。它的主要功能是解酒，而当地人却喜欢用它泡酒（也有榨汁喝的）。当然，这有可能是开玩笑，因为石斛也有很多种，即便有解酒功能也不能掉以轻心，我就因为吃石斛全羊宴那次喝多了石斛酒导致几乎断片儿。

当然，丹霞山最出名的是红豆，其外观有些像小算盘珠子，但不是咱们平时熬粥或做豆包的那种。它的芽有温毒，可以用来防虫，因此只能做装饰品（好像还有些药用价值）。红豆树长在山崖上，通常有二三十米高，基本上不能攀爬。因此，当年王维诗中劝君多采撷，说的是在地上捡，而不是到树上去摘。中国很多地方都生长红豆，但别处的红豆上一般都有黑圈，而丹霞山的没有，而且通体红透。

等下到山下才知道山上还有一块阴元石（具体情形就不形容了），它和对岸的阳元石遥相呼应，让人想到天地造化。奇怪的是，在丹霞山这性学气息如此浓烈的地方，看不到洗脚房发廊，却有一家很大的中华性文化博物馆，费孝通题字，门票35元一张。售票员一个劲儿招呼行人，据说展品中有古代春宫图和瓷板画，门口镌有刘达临的一篇《丹霞山中华性文化博物馆题记》。很早之前就知道刘教授在上海开办过一家私人的性文化博物馆，后由于种种原因搬到了别处。至于丹霞山这家性文化博物馆是不是刘达临的那个，就不得而知了。

六祖惠能的头发和坠腰石

在韶关南华寺，我向藏经阁的僧人提出要看六祖惠能的坠腰石，但被他拒绝了。当时他正在填写功德单，不太情愿地停了下来，把我的证件要过去看了看，又提出让有关方面给寺里打电话。本来无一物，不看也罢，先暂时放下执着。后来我听说藏经阁二楼，除了那块坠腰石，还有一些其他文物，具体如北齐铜佛造像、《六祖坛经》最早的刻本、金朱砂手串、唐代传世刺绣千佛袈裟、六祖大师使用过的锡杖和钵等。看的时候要戴鞋套、手套，还要穿白大褂。我听了不禁有些释然，似乎没看成反而省去若干麻烦，全然忘了这是甲方给出的理由。

这次来南华寺的主要目的，就是瞻仰六祖惠能的真身。相传南华寺的佛祖真身本来一共有6个。除了现有的六祖惠能、憨山大师和丹田大师外，余下的在"文革"期间去向不明。"文革"中，这几具佛祖真身被游街批斗。据说六祖惠能的后背上还被人劈了一斧子，骨头都露出来了。后来多亏寺里的僧人冒着危险，把真身抢回寺庙。现在，这具真身端坐在大殿正中央，因为相距有 10 多米，又有玻璃罩罩着，无法看清他的真容。那么，佛祖真身有什么意义吗？当然有，最主要的就是现身说法。佛祖真身跟以往什么的都不一样，完全是修炼而成。涂药什么的不算，因为任何人的遗体经过加工处理，都可以永久保留（但也有人说六祖的真身是经过裹综涂漆处理）。

再有就是看坠腰石。虽然这次没看到，但是寺庙的橱窗里贴有它的照片。它的形状有些像腰子，又很像飞去来器。上面镌有两行楷书。坠腰石一共有两块，另外一块在湖北黄梅五祖寺。其来历相传六祖往黄梅礼五祖，五祖令糟厂春米。六祖为了增加体重，把石束于腰间（这米一春就是 8 个月）。唐龙朔元年，惠能受衣钵南归，石留黄梅。现留黄梅县博物馆，为四方形，重约 14 公斤。南华寺这件不详。但是据考证两块均是明代的复制品。

由此可见，这个惠能还真是太不容易了。本来就不识字，只能说几句偈语，还得赶上机会，然后让别的僧人替抄。所谓不立文字，言传心授那是没办法的办法。他是岭南人不说，还是广东一带人。就连五祖都是深夜授他衣钵，不敢让寺里的其他僧人知道，连夜坐船走人。但是惠能不但聪慧，而且脾气倔，都这时候还跟五祖争论谁度谁呢。五祖不禁从心里叹，这辈子算是栽到这人手里了。五祖寺（黄梅东山寺）至今保留着六祖春米处遗迹，春米用的木桩，比牛脖子还粗，依六祖那瘦小的身子骨，不在腰上绑石头根本压不动。相传六祖跑到梅岭古道一个叫梅关的地方，被慧明等僧人追上，惠能把衣钵放在一块石头上，居然没人能拿得动。当地至今还有一块放钵石。

南华寺给我的印象是香火很盛，我个人喜欢比较清净的寺庙。一进寺门就可以看到两个很大的放生池，里头有很多乌龟（巴西红耳龟），一些乌龟在交媾。如何放生这些乌龟，寺里想必是有一些细则，比如交多少钱，如何请僧人念经回向等。然后大门边上是一家南华寺素菜馆，主要是针对游客的。我看了一下菜单，上面有南华一品煲、雪菜罗汉笋、茄汁大明虾、杏鲍菇炒辽参、支竹素羊腩煲等。因为急着赶路，就没在这家素菜馆吃午饭，但吃饭的客人很多，前后两个厅堂几乎都坐满了。素菜馆旁边有家南华寺医务所，原来僧人生了病也得求医问药。

其实，寺庙里有一个斋堂，取一副碗筷便可以免费吃喝。如果想要交钱，便可以把钱投入斋堂门口的功德箱。当然，不能剩饭剩菜，至于吃完饭是否刷碗筷，则全凭自觉了。有一口铸于元惠宗时期的大铁锅（千僧锅），锅体圆底弧壁，锅沿外敞，上面原有铭文，因锈蚀字迹难辨。相传此锅能煮米数百斤可供千僧饭食。

离开韶关后，又去了广州光孝寺。光孝寺门票5块钱一张，谢绝自带香火。时值鬼月，寺里正在办水陆法会，比南华寺还热闹。寺内有两座佛塔，其中一座便是藏有六祖头发的瘗发塔。旁边有一个说明，大意是说惠能大师得五祖传授衣钵后，为待时机，仍现居士身。观因缘成熟，乃来光孝寺，见僧人辩论"风动耶"，不小心说了句心动，惊动了当时住持印宗大师，六祖乃显露身份，于唐凤仪元年正月十五日，在菩提树下剃发受戒，现比丘身。原来，在此之前的15年间六祖都留着头发，想必是相当不短。为了纪念这个因缘，住持僧法才募款筹建瘗发塔于此。

至于六祖为什么在光孝寺剃度，有很多种说法，我觉得这跟他是广东一带人有关，惠能老家岭南新州离广州想必不远，当然会心动。最后，说到六祖那个著名的偈子，有的书里说"何处染尘埃"，有的地方却是"何处惹尘埃"，到底是"染"是"惹"，是"惹"还是"染"，弄得人好不纠结。

《你到过杨 ling 吗?》故事大纲

咸阳有一个杨凌还有一个杨陵,其实说的都是同一个地儿,不知道的很容易被搞糊涂。杨凌是西北农林科技大学的所在地,也是全国农业旅游示范点。而杨陵则是因隋泰陵而名,陵里葬着隋文帝杨坚和他老婆文献皇后独孤氏。历史上对隋文帝评价一般,关于他的死也有若干版本,而他是在晚年被其次子杨广也就是后来的隋炀帝所杀是确定无疑的。

杨凌(ling)虽然在行政区划上属咸阳的一个区,但是又归西安直辖。还有一种说法,说杨 ling 的地位不在西安之下。不知道我说清楚没有,反正我脑子是乱了,而且我觉得后来把杨陵改成杨凌有点多此一举。相信当年的隋国人对这样的安排肯定不高兴。要知道隋泰陵里埋葬的是他们的堂堂开国之君,如此神圣的地方居然比不上一个农业示范基地,简直有些令人匪夷所思。北京西站每天有两趟到杨陵的高铁，也有几趟普通列车至杨陵。杨凌因此有两个火车站，杨凌南站和杨陵站。虽说都叫杨凌，北京到杨凌的火车却没有一趟，地名上改来改去的做法，首先造成了火车售票系统的混乱。飞机就不知道了，在杨ling那几天，每天就有飞机在头顶飞来飞去，估计都是经由西安的。

杨凌有它引以为傲的历史，先古时期，后稷在此创造了农耕文明。杨凌现在很大的一个看点，正是现代科技条件下的农耕文明，比如无土栽培技术。至于嫁接、转基因、克隆那些就更不用说了。据说杨凌这座城市就是因为西北农大而存在的。从北京出发的时候，正好赶上跨种胚胎研究，也就是在猪体内培育人类器官这个话题被炒得很热。其实，有关动物遗传育种与繁殖和作物遗传育种这种话题，在杨凌早已不算什么新闻了。在杨凌一个克隆基地，讲解员带我们看了克隆羊（但没看到传说中的日产一吨牛奶的牛和长着四对翅膀的鸡）。她告诉我们，杨凌现在有两乱，一个是季节乱，分不清春夏秋冬，不管是树木还是瓜果梨桃，任何时候都能吃到。还有一个就是伦理乱，比如克隆羊身上就有人类的基因。

我对克隆技术方面所知甚少，却有些好奇，如果取得隋文帝的DNA，是否有可能让他复活。不管隋文帝的死因是什么，也不管他死了多久。其实，我一开始就觉得，把杨凌和杨陵加在一起，特别适合拍这样一部电影：一个农业科研院所接到上级任务，让他们打开隋泰陵，从隋文帝的骨骸中提取DNA，把隋文帝克隆出来。虽然没过多久就复制成了，但是在操作过程中一次小小的失误，造成了后来致命的缺憾。

　　隋文帝被克隆出来后，没人认识他，他早已把自己的身份忘得一干二净，没事就在现代农业示范区创新园转悠，赏赏花喂喂小动物什么的。有一次他问花儿怎么闻着有股红烧牛尾味，回答是这花是牛嫁接的，他当时就不吭声了。当然，他更不懂得什么叫无土栽培。在实验田，看到麦穗能长到20厘米长，隋文帝简直不敢相信自己的眼睛。平时吃饭，隋文帝吃的是有机菜，一开始他还挺高兴，以为能吃到鸡呢，结果鸡的影子都没有。一天，他无意中从杨凌溜达到杨陵，被埋藏多年的记忆瞬间恢复了。他第一件事就是找隋炀帝报仇。跟他说隋炀帝早就不在了，他哪里相信，知道自己被克隆的来龙去脉后，他下令再把隋炀帝克隆出来，两个人好一决高下。跟他说几年前确实扬州发现了隋炀帝的墓，但却是一个衣冠冢，其实衣服帽子也早就烂了，就剩下一条金腰带。根据腰带克隆出人来，目前技术上尚有难度。

　　其实，在杨凌边上的武功县，就有一个叫落炀的地方，就是隋炀帝的陵墓所在。说的是当年人们抬着隋炀帝的灵柩回杨陵安葬，走到落炀时抬灵柩的杆子突然断了，隋炀帝的灵柩掉到地上，于是，人们把隋炀帝就地埋了，这个地方也就从此改叫落炀。

　　不管怎么说，隋文帝听了人们的解释不禁大怒，觉得自己被现代人愚弄了，于是扬言要将院长杀死。院方终于意识到闯下大祸，接下来大家商量的就是,如何把隋文帝——这个他们亲手制造出来的怪物杀掉,否则不但大家性命难保,这个世界也会因此而彻底乱套,最终彻底回到刀耕火种的农耕时代。至于农耕时代对我们到底意味着什么,到现在也没定论。

鸿门宴的猪前腿和西安的小吃

西安的面食举世闻名,去西安之前,在北京最喜欢去的餐馆中,就有真武庙的贾三包子铺和民族饭店北边的一家羊肉泡馍小馆。当导游的时候去过很多城市,但居然没去过西安。除了一次飞重庆,大概是1985年吧(当时重庆还没有江北机场),到了白市驿机场上空突然遇到大雾,飞机只好临时降落在西安咸阳机场,就这么着算是在西安停留了两个小时,虽然连候机楼都没出。后来再想去一直没机会。有了高铁后就方便多了,北京到西安最快的一趟只需4小时25分钟,中间只在郑州停一站,到西安是晚上6点多。

西安有条著名的钟鼓楼小吃街,贾三包子、老孙家肉丸胡辣汤、麻乃馄饨馆以及麻酱凉皮儿都在这条街上。但最后还是去了老楼推荐的德发长钟楼饺子宴,他们家的饺子五花八门,薄皮大馅的追求太初级了。因为就我和世友两个人,所以就没上二楼吃套餐,而是在一楼单点了韭黄牛肉馅饺子和酱牛肉以及其他几样小菜。这家餐馆不供应啤酒，要喝得去边上的超市去买。当地人习惯喝9°的青岛啤酒，虽说是青岛啤酒，却也是当地产的，在超市卖6块钱一瓶。西安著名的饮料是冰峰汽水，地位相当于北京的北冰洋，却没有北冰洋的口感那么刺激，也没有那股怪味儿。

特别推荐陕西巷子老菜馆的葫芦鸡，真正的外焦里嫩，老幼咸宜。

关于西安面食的来历以及西北人的饮食习惯，有很多考据，我就不在此多嘴多舌了，我比较感兴趣的是鸿门宴，连吃饭带杀人，这才是食物的最终端，也是我喜欢的千古文章。

鸿门宴的遗址就在临潼区新丰镇红门堡村，跟出租司机打听了一下，离秦始皇兵马俑两公里多，门票24元（也有说35元）一张。实际上不过是一个长宽各14米、高3.5米的青砖台子，挤一点儿一次能坐二三十人，人们称之为古宴台。根据《史记》记载，那天来赴宴的统共加起来也就10个（双方各5个），但光排座次就浪费了很多时间。可见大家内心虽然彼此不是特别待见，但礼仪还是要讲的。这可难为了沛公，不但要顾及吃相，还要考虑如何从险境中脱身，这顿饭吃得何等糟心，再美味的菜肴也是味同嚼蜡。

关于当年这顿大餐都吃了些什么，有很多猜测，但都没有依据，都是自己瞎吆喝。司马迁对此也惜墨如金，只肯透露这些人吃了猪前腿，也就是通常说的肘子。秦汉之交，西域风尚未东渐，特别是还没影响到当地的餐饮界，诸如牛丸胡辣汤、腊肉肉夹馍或麻酱凉皮儿小吃之类的恐怕难登大雅之堂。唯一可以肯定的是这帮人的用餐时间是在12月，天寒地冻，菜品中大概少不了火锅以及烧烤之类。

如果非要拉出一个可信的鸿门宴的菜单，只能依据考古资料，哪怕是在考古现场发现的残羹剩饭呢。粉蒸羊肉和羊肉泡馍即便有也肯定连渣滓都找不到了，但找到鱼刺或者鸡骨头应该不难，至少那条吃剩下的猪肘子的棒骨还在吧，没有这些直接证据再怎么说也难以服人。

不过，在鸿门宴博物馆里，倒是陈列着几件秦汉时期的文物，其中有西汉玉璧和四乳铜镜、青铜爵、战国的铁剑和青铜尊等，据说都是在古宴台遗址附近出土的。在用餐的地方发掘出餐具包括兵器都不意外，我觉得铜镜的出现令人眼前一亮，原来古人在用餐前也要梳妆打扮一番。大胆假设一下，这面铜镜是虞姬用过的也说不定。

另外，在离古宴台不远处，还发掘出一个汉代的厕所，如果不说是汉代的厕所，谁都不会留意。它用一面玻璃罩着，四周杂草丛生。据说当年沛公假装喝醉，就是由这个厕所逃走，经小道回到灞州自己的军营的。为了迷惑对方，沛公当时尿都撒歪了。但我的问题是，既然考古队能循着味道找到厕所，找到厨房应该不难吧，尤其是考虑到厕所的私密性，厨房应该比厕所的面积要大，而且两者相隔不会太远，跟用餐处属同一个半径。

玩笑归玩笑。鸿门宴的古宴台是1984年开始对外开放的，考古发掘应该在此之前，下次来西安，一定去考古研究所查阅当年的考古报告，说不定会有意想不到的发现。

无间道

上个月去山西法兴寺，一进门处有一座舍利塔。说它是塔有些勉强，其实它更像一座寝陵，底座是用巨大的石头搭建成的方形建筑。据说这寺本来是在另一座山上，后来因为煤矿施工，才迁到这座山上来的。怕到时候把这塔复原乱了，每块石头还被编上了号。

进到塔里冷气嗖嗖直冒，四周有雕塑，墙上隐约还能看到壁画，但里面不让照相。这座建筑的特色是在顶部，用高低不平的石条排列着，看上去就像一道道沟槽。导游介绍说，最深的也是最高的那道槽叫天道，然后按顺序依次排下来。当说到阿修罗道和人道时，我注意到周围的人完全没有任何反应，每个人的表情都十分麻木。但说到畜生道和饿鬼道时，大家的脸上开始出现笑容，眼睛也开始彼此在对方身上乱瞟。最后说到了地狱道也就是无间道，据说这是六道中痛苦最大的一道，造作最重恶业者会投生于此道，经历几十万亿年才有可能离开此道之苦。可能离我们最近离天最远，我感觉那块石头微微动了一下。它要是真的掉下来，说不定会砸到谁的脑袋上。

  法兴寺山门底下有几个鞭炮摊儿，可能在寺庙门口放炮是当地的习俗。其中一个炮摊儿的女摊主养了一条奇怪的狗，它出奇地喜欢热闹，每次有人放鞭炮，它都会冲上前去又蹦又咬（有几天前上传的视频为证）。它还能把鞭炮咬灭了。主人临时外出，它就替主人看鞭炮摊儿。咱国家每年拍大片，不给这狗拍部电影实在有点儿可惜，因为在我看来，它才是这世间的一点儿看头。

马迭尔

哈尔滨的马迭尔宾馆始建于 1906 年，1913 年建成，是法国文艺复兴时期路易十四式建筑，具有很强的"新艺术"风格，是 C.A. 维萨恩在哈尔滨的代表作。它是当时哈尔滨旅馆建筑中最时髦的多功能旅馆之一，拥有最豪华的舞厅、餐厅及客房，曾一度是哈尔滨都市生活的象征，人们再怎么着，也要尝尝它的冷饮和面包。宋庆龄、田汉、郭沫若、丁玲、徐悲鸿、斯诺以及斯特朗都曾经在这儿住过，可见当年的文化人生活不错，有些客房的门上至今还钉着铜牌，上面记载着这些人当年在宾馆下榻的情况。

但最令这家宾馆出名的是一桩绑票案，受害者是马迭尔宾馆创始人俄籍犹太人伊·阿·卡斯普的儿子西门·卡斯普。他是位很有前途的青年钢琴家。1933 年 8 月 24 日，刚刚从法国巴黎音乐学院毕业归来的西门在哈尔滨举办演奏会，不料在演出结束之后，在送女友回家时，遭到匪徒绑架。后来查明这件事是日本人指使白俄匪帮干的，虽然家人准备好了赎金，但西门最后还是被撕票了。此案当时在哈尔滨轰动一时，其原因复杂经过曲折，早有人打算把它拍成电影。现在，这位不幸的音乐天才的肖像照就挂在宾馆的过道，紧挨着的是他父亲卡斯普的照片。

　　以前从没来过哈尔滨，顶多是往更北的地方去时坐火车经过。哈尔滨据说是从满语来的，意思是晒渔网的地方，有没有三天打鱼两天晒网的含义就不得而知了。在火车上就有列车员说我来得不是时候，冬天来可以看冰雪世界和冰灯，夏天来可以乘凉，这季节来只能吃红肠了。他还好心地告诉我，哈尔滨的红肠属秋林和哈肉联最正宗。但即使是这个牌子的，也有很多是假的。

　　到了哈尔滨，才知道假的还有马迭尔的冰棍，辨别的方法是两块钱一根的是真的，一块钱一根的是假的。假的如果也卖两块钱，辨别的难度就大了，特别是对我这种以前没有吃过的游客来说。

　　太阳岛还是要去的，岛上有架钢的琴，以郑绪岚的名字命名。萧红故居也还是要看的，那天天气奇冷，呼兰河一路逶迤，河滩巨石遍布。离故居不远处，有一座天主教堂。在西岗公园的花窖里，有株三层楼高的仙人掌，据说是从很遥远的地方运来的，已经有100多岁了。100岁对一棵树的树龄不算太长，可对一棵仙人掌来说，几乎可以令它成精。另外，呼兰河的火柴也很著名，当地人都知道"干豆腐厚，大豆腐薄，呼兰火柴划不着"这句顺口溜。

这趟比较有收获的是参观了阿城的金上京博物馆。阿城的历史沿革有点儿复杂，一度隶属吉林，又划归黑龙江。折腾来折腾去，直到 1987 年撤县建市，由哈尔滨代管，归属问题才暂告结束，这也让哈尔滨的历史又往前推了 800 年，使之不再是一个打渔晒网的渔村了。金上京博物馆就建筑在金代的历史之上，离博物馆不远处，就是金太祖完颜阿骨打的陵墓。展品有巫术古井，完颜宴墓，还有一些零七碎八，其中不少是在北京附近挖掘的。原来哈尔滨和北京还是挺有渊源的，尽管这种拉扯现在看来还有一点而勉强和夹生。

问题似乎出在俄罗斯身上。

哈尔滨更像是一块俄罗斯的飞地，大街上有很多俄罗斯商品铺，商品几乎都一样，俄罗斯套娃、AK-47、伏特加、巧克力、鱼子酱……在哈尔滨众多俄式西餐馆里，华梅餐厅最为著名。远的不算，大家都知道有一位周姓的餐厅侍者，他每天都会西装革履，准时站在餐厅门口迎送客人。可惜这次我没能看到，听说周老先生今年 80 多岁了，已经离职在家休养。我只能想象，他是一位看着像山德士上校那样的老人吗？不管怎么说，哈尔滨的确是座充满异国情调的城市，特别是置身圣索菲亚教堂时，还真以为到了国外（其实国外我也没怎么去过），近几十年间，很多教堂建筑都毁掉了，它们的复制品在伏尔加庄园可以看到，这座庄园也因此成为冰城新的旅游景点。

哈尔滨的出租车 8 块钱起步，燃油费 1 块钱。交通不堵。

在马迭尔退房那天，我突发奇想，要不要也在客房的门上钉块牌子，上书：伟大的作家张弛先生于 2011 年 10 月 22 日曾经在此房间入住。

从西施故里看春秋时期英雄美女的爱情

美人计

诸暨山清水秀,面向浣江,背靠苎萝山,一看就是出美女的地方。有人认为诸暨曾经做过越国的都城,但是比较穷,吃的东西大多是蒸菜,而且口味很重,不是蒸双臭就是鲞蒸肉饼。西施豆腐、西施舌和西施饼这些令人惊悚的菜肴是后来才有的。

西施的父亲靠在苎萝山砍柴,母亲则是靠浣纱也就是给人洗衣服为生。西施的本名叫施夷光,据说西施生下时漫天霞光,父母觉得这是一个非常好的征兆,于是便给她取了这个名字。相比之下,跟西施一起被送到吴国的郑旦家境略好,她的父亲是渔民,主要在河对岸的金鸡山下的鸬鹚湾捕鱼。把两位美女献给夫差,是因为勾践在吴国当马夫期间,看出夫差喜欢美色。至于东施也是确有其人,她的名字叫施采萍,据说长相也不像人们想象的那么丑。

范蠡在村子里先看到的就是东施,向她问路。东施知道范蠡是来找西施的,心里自然不高兴,于是给他瞎指了一通。后来范蠡才知道,苎溪村分东村和西村。东村的叫东施,西村的叫西施。那天给他指路的就是东村的东施。但范蠡的心情没受影响,苎溪,他喜欢这个名字,溪者,缓而轻悄之流水。

范蠡看到西施那天,西施正看着溪水发愣。范蠡后来知道,那是西施在照镜子(没办法,家里太穷买不起镜子)。说到浣纱,很容易让人想到那种薄如蝉翼的织物,实际上在春秋时期,只有贵族才可以穿丝绸,百姓只能穿棉布或者粗麻。服装的样式也有很大的区别,贵族穿的宽宽大大,上面还绣着飞禽走兽以及各种花卉和植物。而百姓的衣服特别是男装是不能过膝的,袖子也不能太长,因为那会妨碍下地干活。

所以,西施洗的衣物大多是葛和麻,而且是挥着乱棒在石头上一通捶打,样子很是不雅。倒是西施的容貌,让范蠡眼睛一亮。在古代社会,妇女会洗衣服不算美德,但美貌却不是每个人都有的。要知道为了寻找美人,范蠡四处奔波达半年之久,诸暨离越国都城会稽足足有200公里,范蠡的脚都走肿了,现在总算有了眉目。不过,范蠡的心里仍然不踏实,因为在西施的脸上,丝毫看不到国恨家仇,她会跟自己走吗?

事实证明范蠡的担心是多余的。这天清晨,范蠡刚醒就听到远处传来的歌声,他一下就被吸引了。据说当时的越人使用的是侗族语言,不过就是兮呀呜呀什么的,并没什么实质内容。但范蠡听出西施已经答应了他。

后来,就在西施跟范蠡离开村子来到村口时,无意中跟东施迎面撞上,这可能是俩人唯一一次打过的照面,从此西施东施天各一方。至今,在浣江江边浣纱处,有一组浣纱女铜雕,几个村妇在水边喂鸬鹚,还有几个在浣江水边浣纱。站在最中间的应该是西施,她的胸部和手臂被游人抚摸得铮亮。

美人宫

话说西施和同村美女郑旦到了越国都城,既然是美人计,就安置在美人宫吧,古人办事就是这么一根筋。在美人宫,范蠡让人教会西施和郑旦跳舞、下棋、弹琴,当然还有烦琐的宫廷礼仪。既然都是跟吃喝玩乐有关,西施和郑旦一下就抓到了要领。一天,几个美人聊到吴王夫差的爱好,西施担心夫差喜欢细腰女子,说那会饿死人的。周围的人听了笑得不行,因为西施就喜欢吃东西,来到宫里没几个月,就胖了好几斤。

西施和郑旦在美人宫一待就是三年。在这个非常漫长的过程中,西施和范蠡见面的机会并不多,范蠡主要忙一些别的事情,诸如监督铸剑以及修筑新的城池。

这天,范蠡终于抽出空闲邀请西施去太湖划船。范蠡左等右等,好半天西施才出现。范蠡发现西施走路的姿势发生了变化,走路时还微微皱着眉头,不知道还以为得了心脏病。原来,为了让西施的脚看上去小巧,越王让人专门做了一双很小的木屐,大脚西施虽然穿着不合适,但看上去反而更有味道了。鞋底是双层的,是因为越地多雨,地上过于泥泞。

那天的天气很好,太湖里当时还没蓝藻。时值6月,湖面上开着荷花,远处的穹窿山依稀可见。眼前的良辰美景反而让范蠡怅然,不知道下次划船是在什么时候。当时,西施还没被视为荷花的化身。大家都知道,荷花是水生植物,晨开暮闭,不耐寒,花期半年。天色一暗,就无精打采。

西施和郑旦临去吴国的头天晚上,范蠡去山上观天象。需要指出的是,范蠡除了做生意、看天象,不会别的。在中国古代,厉害的人都会看天象。只要是会看天象,就不愁在天子那儿找不到工作。但这次跟以往不同,虽然没有雾霾能见度甚好,但范蠡什么都没看到。原来,几天前西施把他的五彩衣洗坏了。范蠡感动之余,不由得哀叹,这么上等的丝绸,怎么能用棒子打呢。西施洗衣服时,显然还是用洗粗布的老办法。可见,一个人的生活习惯是多么顽固。范蠡本想告诉西施,丝绸不是这么个洗法,应该用手轻搓,洗完了还不能拧(免得出褶皱),然后晾在背阴处慢慢地吹干。但话到嘴边,又咽了回去。

范蠡送西施入吴,大体路线是由绍兴经萧山、杭州、余杭、马回岭、桐乡、嘉兴、吴江,最后到达吴县的灵岩山。这一送就是三年,途中西施还给范蠡生了一个孩子，而且那孩子生下来就能说话（如果活到现在，应该一千好几百岁了）。要不是怕吴王反悔抓紧赶路，这俩人还不知道要耗到什么时候。有一种说法认为，西施跟范蠡很早就认识，投奔越国后，范蠡和文种被封为上大夫，但整天基本上也没什么正事可干，于是便兼了采风使，四处搜集民歌捎带沾花惹草，西施就是范蠡当年搜集民歌时认识的。

终于到了分手的时刻，西施泪眼婆娑，美人的眼泪最能打动人。以致西施走后很久，范蠡都闷闷不乐，越王勾践少不了安慰他。但范蠡并不领情，心想，勾践果然够贱。从此范蠡下定决心，一有机会就离开勾践。

美人泪

西施和郑旦来到吴国，果然十分受宠。本来夫差有四个爱妃，也被他很粗暴地给打发了，还给她们起了带有羞辱性质的名字：抓虾、坐蜡、崴泥、拌蒜。从此夫差和西施形影不离，夫差喜欢登高，西施便穿着木屐随夫差登上了箬帽峰。夫差看到西施一路娇喘，用双手捂住胸口，自然对西施又多了一份爱怜。

还有一些极端的例子。

据说西施爱吃鸭子，夫差命筑鸭城蓄鸭，饲以拌有香料脂油之上等白米。待其硕大，进于西施。又因西施喜欢吃鱼，夫差就令人筑鱼城。

西施喜欢吃鸡，夫差就令人筑鸡坡。西施喜饮女贞酒，夫差便令人筑酒城，可谓穷极奢侈，几乎荒废朝政。在无锡东南边上还有一个麋城，用于饲养麋鹿。按照之前的逻辑，西施应该喜欢吃鹿鞭、喝鹿血。

但最过分的是，夫差在宫中专门修建一个养鱼池，为的就是证实沉鱼的掌故。他早就听说，西施入吴时，经过一个叫白鱼潭的地方，水里的鱼被西施的美貌吸引，纷纷浮到水面观看。因为鱼的眼睛长在两边，如果想看清楚只能侧过来，侧着侧着，那些鱼儿就躺到水底下睡着了。

总之，自从看到西施，吴王夫差完全没心思干别的了。最可怜的是郑旦，本来跟西施去吴国，虽然名曰照顾西施，实际上是给西施当绿叶去的。当然，她的长相也不会太差（而且好像还会些武功，但全然没派上用场），如果仅仅为了给西施当绿叶，干脆直接让东施去好了。到了吴国，在一次宴会上，夫差伴着韶乐跟西施跳舞，郑旦只能在一旁伴唱。还有一次表演《有凤来仪》，西施扮演凤凰，而郑旦的角色只是一只普通的鸟，头上插着几根羽毛，在众人面蹦来蹦去。从那以后，郑旦一病不起，再后来就死了。郑旦死后，西施没了绿叶更加寂寞，于是整天照镜子打发时光。

后来吴国被越国所灭，吴国老百姓一提起西施就恨得牙疼。老实说，西施挺无辜的，去吴国的时候，没人告诉她负有什么使命。再说，自己国家的君王好色，怎么能迁怒于邻国姑娘呢。但反过来想，勾践美人计的目的也算达到了，虽然没把夫差的身子骨搞垮，但使其终日沉迷酒色，大兴土木，拖垮了吴国的国力。所以，有人认为西施最后是被吴国人杀的。

但也有人认为杀死西施的是勾践,因为他觉得西施是越国的耻辱。

最流行的一种说法是西施跟着范蠡走了。俩人先是来到太湖边上坐摩天轮,范蠡头一次看到太一(也就是太白星),本想范蠡只是想看他跟西施的星座到底合不合。当时他惊讶得说不出话来,而且完全不敢相信自己的眼睛。跟之前他看到的星象不同,这次看到的太一既像众神之王,又像是浩瀚宇宙中唯一的洞口。

孔子闻韶处及雾霾城市旅行指南

到淄博的时候,雾霾还不是特别严重。就在这天,国家气象局发布了 40 个城市的雾霾黄色预警,其中就包括淄博。大家都知道,这座城市以生产陶瓷著称,据说我们住的那家酒店从茶杯到马桶都是来自淄博陶瓷厂。而烧制陶瓷则需要大量的煤炭作为燃料,从而产生大量粉尘。这方面我所知甚少,不好妄自揣测。

出了高铁站打车直奔饭局。我发现淄博的出租车都是大众系列,3 公里起步,价格分 7.5 元和 8 元两种,是按不同的车型计算的:普桑和捷达为 7.5 元,宝来和志俊为 8 元。普桑和志俊是上海大众生产的,捷达和宝来是长春一汽生产的,不管是不是高峰,都是等时 5 分钟内不额外计价。淄博的红绿灯时间较长,不分路口,大约都要等一分钟。路况大致通畅,但是在上下班时段也会出现拥堵状况。前段时间,德国大众闹出尾气门事件,不知道对中国的大众汽车有什么影响。可以看到的是国际上对此一片哗然,国内却几乎没有动静。

午饭是在西五路一家海鲜土菜馆吃的。我奇怪山东的很多菜馆比如青岛菜馆都叫小海鲜,不知道跟大海鲜有何区别。啤酒喝的是青啤和雪花,喝到临近天黑,又换到一家名叫仁祥居的餐馆,午饭晚饭几乎连上。说到淄博的啤酒,目前只有青啤、雪花和绿兰莎。过去还有柳泉,但是被绿兰莎收购了,只留下一条柳泉街道。后来绿兰莎又被青啤收购了,只剩下一个牌子(这么写是不是很古龙)。据说,雪花为了跟青啤争市场,免费为餐馆提供啤酒,而且每卖出一瓶奖励一瓶。即便如此,青啤在当地的地位一时间还无法撼动,毕竟是在山东啊!

狗子半年前来过淄博,他不喜欢青啤,说里面有糖浆这种成分,这属于一种添加,大概是为了增加口感吧,喝多了第二天一早会头疼(我想问一句,什么酒喝多了第二天头不疼),狗子认为绿兰莎比青啤好喝很多,就是因为成分里没有糖浆。狗子认为,酿造啤酒只需要水、麦芽、酵母以及啤酒花就足够了,其他的成分都是多余的。

说到水,淄博饮用水的状况比雾霾可能更加令人堪忧。我们住的酒店每天提供一桶罐装水,因为自来水不够饮用标准。酒店尚且如此,当地农村的地下水就更不能饮用了,村民饮用和做饭的用水要在村子里统一进行纯净化处理。那么,地下水污染到什么程度了呢?小说家魏思孝说,用他们村子里的地下水煮出来的小米粥是白色的,而正常的小米粥颜色应该是金黄的。

到了第二天,淄博雾霾情况开始严重。早晨刚四点钟街上就有人放鞭炮，一直放到6点多钟，据说是有人办喜事，什么时候放鞭炮不是看是不是扰民，而是要根据时辰。出去吃早点，能听见鸡叫，算是惊喜。先是参观淄博博物馆，然后出发去博山寻访琉璃。博山是中国的琉璃之乡，制作琉璃有非常久远的历史。在一家琉璃作坊，一位石姓的老手艺人当场给我们烧制了一只琉璃鸟。在一家私人琉璃博物馆，还看到很多被被称作鸡油黄和鸡肝红的琉璃制品（但都跟鸡没多大关系），以及若干古琉璃藏品。琉璃黄最早出现在清乾隆年间，烧制难度很大，且材料名贵，据说包括工业黄金和砒霜。然后因为要吃午饭，竟忘了参观当地的老琉璃窑址以及女娲庙。女娲一向被中国琉璃手艺人认为是琉璃的始祖，她所炼就的补天用的五彩石，据说就是琉璃（但南京人认为是雨花石）。

博山是鲁菜的发源地，那天中午的菜好吃得自不待说。同时，喝酒也有各种讲究，几人瞬间喝掉三瓶白酒，无数瓶啤酒，导致我最后昏厥，醒来时发现已经躺在酒店床上。

第三天，雾霾遮天蔽日，有些睁不开眼睛。吃过早饭，我们从张店出发赶往临淄。淄博这座城市有些像武汉，是由张店、博山、淄川和临淄几个看似互不相干的行政区划组成的，彼此间差异很大，像是一个临时组建的大家庭。出发前在古玩市场买到一件汉代的琉璃虎，它温润如玉，眼睛和背上的条纹是鎏金的，这种工艺已经失传了。

走马灯般去看了稷下学宫、西天寺、晏婴墓、齐国故城城垣遗址以及孔子闻韶处。其中，所谓稷下学宫不过是竖在路边的一块水泥牌子，周边田地里种着玉米和冬小麦。孔子闻韶处在齐都镇韶院村，也只是一块石碑，在一个小院子里，铁栅栏门也是锁着的。这块石碑很早就有，后来不知去向，嘉庆年间又立了一块，后来也丢了，现有这块是1982年立的。

公元前517年，鲁国内乱，孔子逃到齐国，听到韶乐后感叹尽善尽美，听了让人三月不知肉味。当年齐国演奏韶乐的排场很大，分堂上和堂下两部分。堂上部分负责吹拉弹唱，堂下部分主要是编钟和编磬之类的打击乐的演奏，另外还有众人跳的百兽舞和甩袖舞。相传韶乐跟舜有关，因为舜鸟首人身，舞者多用五彩羽毛作为装饰，高潮处连凤凰都被吸引来了。孔子闻韶处在春秋年间是歌舞艺伎切磋技艺的地方，曾经出土过两片石磬和一件陶埙，而且上面都有铭文。但据说演奏韶乐的主要乐器是排箫，无奈这种东西不好保存，埋地里不到两百年也就烂了。再有就是竽以及"滥竽充数"这个著名的故事。

离孔子闻韶处不远处有一家闻韶餐馆，经营炒菜和水饺，虽然已经到了中午，也没开门，不然进去吃上一盘饺子该多么惬意呀。山东人包的饺子，不管是什么馅怎么包都好吃。后来我们又去了古齐国博物馆，看到院子里的草坪上有一尊东汉石雕像。他高鼻深眼，头戴尖顶帽（大概来自西域），怪异的表情有些不置可否。这尊石雕像于1997年出土于稷下街道办事处徐家村北，后来才被挪到现在的地儿。

第四天一早，由张店乘坐高铁去济南，特意绕个小弯去金岭村看清真寺（进到寺里就听见祈祷室里有羊叫，根据习俗，村里人宰羊都要请阿訇念经)。途中经过很多化工厂,空气变得愈发令人窒息,有一种挥之不去的臭鸡蛋味儿。跟陶瓷、汽车、鞭炮、琉璃和烧火做饭相比,化工企业无疑是雾霾的主要根源。这种情况如果发生在北京,早就有人大呼小叫了,但是当地人情绪却表现得相当稳定,甚至没有人戴口罩。对于我们这些来去匆匆的游客,也没有任何办法,只能变本加厉地该吃吃该喝喝,哪怕是嗟来之食。

济南情况比临淄略好,温度也较热,能感受到阳光和微风。午饭是在一家叫土财主的菜馆吃的,它基本上属于东北菜系,但我最想吃的是煎饼卷小葱。这是山东烙饼卷大葱的改良品种,玉米面煎饼软的,小葱取代了大葱。但最有收获的是娃克介绍的一位名叫宋飞舟的艺术家,他对琉璃材料和工艺有过专门研究,曾经创作过一组沙铸玻璃(琉璃)当代作品。在一篇署名文章中,老宋认为,圣人创物时,道器并行,没有上下高低之分。那么雾霾呢?这种神秘的东西究竟是道还是雾,抑或是道器间的邪恶结合?

整整一下午喝了啤酒无数后,我们乘坐晚上6点多钟的高铁返京,听说北京那边因为冷空气入侵,雾霾已经基本结束了。总结此次旅行目的,就是喝酒以及寻访琉璃。两件事的共同点只有一个,就是在雾霾中屏住呼吸。当然,这次来好客山东旅行,还吃到很多好吃的,从苜蓿爬虾肉到长须子的鲤鱼。就是没敢点36元一只的大虾。

把这道菜给我耶一下

这次去东北的最大愿望，就是跟餐馆服务员说，麻烦你帮忙把这道菜给我耶一下这句话。但是真的坐在抚顺启运满族八大碗酒楼的龙椅上，反而不想说了，因为大家都知道服务员听了肯定会把这道菜端下去热的。这个玩笑还是留在南方（诸如广东）开更有意思。不过别急，这家餐馆有其他的秀，比如门口有一面启运大鼓，据说是点儿背的人敲几下就会转运，但是我觉得大张旗鼓地去敲也有问题，谁愿意让别人知道自己正在走背运呢。难怪在这顿吃了三个多小时的午饭过程中，这面鼓一声没响。再有就是上菜秀，菜上齐了后，皇帝会带着太监来到包间宣旨，其形式跟洛阳的大致相同，唯一不一样的是女服务员没扮成宫女。请客的老程是这家酒楼的老主顾，跟扮演皇帝的人认识，免不了宣旨时在一旁插科打诨。这要换成真的皇帝，后果不堪设想。

至于满族的八碟八碗到底是哪些菜肴，以及到底有哪些讲究，半天也没搞清楚，总的感觉是比较注重仪式感，比四菜一汤要排场很多。土豆烧扁豆、水豆腐、锅包肉（发音 you）、酸菜炖血肠等还是一如既往地好吃，压锅鲟鳇鱼、山野菜爆鹿肉、民间佛跳墙以及素烩汤，在别处更是难以吃到，所以忍不住多吃了两口。啤酒喝的是天湖纯鲜，说是用被称为"辽宁大水缸"的抚顺大伙房水库的水酿的。抚顺白酒普遍喝七粮液，比五粮液多两种粮食。

但印象最深的，还是东北的野菜。到了沈阳的头两顿吃了什么居然忘了，反正一下车就喝得晕乎乎的。然后就是抚顺的八大碗。后来到了新宾，在天瀛盛宴吃到炒猴腿和拌刺捌棒（也就是刺五加），据当地朋友讲，只有在这个季节（5月份）吃到这两种野菜，再过些日子就不会这么嫩了。另外，松茸土豆地皮汤味道也很不错，这道汤在当地虽属寻常菜（在启运酒家也吃了一道类似的），对于我却算是稀罕物。另外就是大叶芹山野菜饺子，皮薄馅大不说（皮儿是烫面的），完全可以说之前从没吃过这么好吃的饺子，随即打消了吃老边饺子的念头。当然，老边饺子也很好吃，上次来沈阳就专门去老店吃了一次。

在新宾的第二天，参观了清永陵，这才知道启运山和启运鼓的出处。永陵始称兴京陵，顺治十六年改称永陵，意寓大清王朝江山永固之意。陵中葬有努尔哈赤六世祖猛特穆、曾祖福满、祖父觉昌安、父亲塔克世、四人各设一座神功圣德碑楼。此外，努尔哈赤的伯父礼敦、叔父塔察篇古二人也葬于陵中。关于永陵的风水，有很多种说法，有兴趣的可以找来书读。

离开新宾，又到了本溪的桓仁。桓仁是满族自治县，也是中国的冰酒之乡。用于酿制冰葡萄酒的品种是从加拿大引进的。在辽宁三和酒业集团，我们参观了几个车间，大致了解了冰酒的酿制过程。用比较抒情的说法，就是它们的冰酒是在零下8度的严寒中凝结的，从而最好地保存了葡萄的灵性。喝过之后，觉得丝毫不比之前喝过的任何一款冰酒差。集团老总蔡龙麟是个至情至性的南方人，之前做过很多种生意，喜欢吹口琴。我们在他的酒庄吃的晚饭，除了冰酒外，还喝了很多啤酒以及一瓶70多度的净馏。而这些酒精，最后都随着庄园的音乐喷泉和皎洁的月光挥发了。

第二天一早，我们去了桓仁县五里甸子镇老黑山村。村子三面环水，目光所及都是绿树，光是景色就美得不得了，完全可以用如诗如画来形容。来到村里先是去山上参观榛子林。榛子树一米多高，吃了几十年榛子，如今才看到榛子树到底长什么样。村支书老王介绍说这些树属平欧杂交榛子，现在早了点儿，榛子要等到七八月才成熟。老黑山的榛子树有两千多亩，除了榛子外，村民还出售榛子树苗，老黑山大榛子已经成为响当当的品牌。山顶上有一个水泥砌的水池，虽说用于灌溉，还可以用于收敛一碧万顷的天光。另外还有一个移动通信塔，让人联想现在即便再偏远的山村，也不是与世隔绝的。

从山上下来，我们又来到浑河河畔，按照镇长的想法，村民把河里的黄蜡石捞上来，沿岸边组成了一个巨石阵。中午，村支书老王热情招待我们去他家吃饭。村里没有食堂或者伙房，村里人要想招待亲朋好友，或遇到孩子满月什么的，都到村支书家去吃。难怪家门口摆着很多双拖鞋呢。老王告诉我们，这满满一桌菜都是村子里产的，其中有一盘红焖杂鱼，也是从刚才看到的浑河里打上来的。浑河古称沈水，又名小辽河，源头在程远老家清远，流经本溪、抚顺和沈阳，在营口入辽东湾。在抚顺看到的浑河十分壮阔，而老黑山的浑河却涓细、平静。据说河里有很大很大的鱼，天气好的时候，站在老黑山山顶，就可以看到它们游弋的身影。

在桓仁，晚饭吃到一种叫刺嫩芽的野菜，开水焯一下蘸酱。难以想象这种野菜在地里是什么样子，因为我对能吃的蔬菜知道的不多，一年到头只能吃到熟悉的那几样，诸如萝卜、白菜、冬瓜之类，对野菜更没概念了。来到辽宁不过几天，就觉得自己已然变成遍尝百草的神农。第二天一早起来逛菜市场，看到有卖刺嫩芽的，它们显然刚被采摘不久，分成大棵小棵。跟前面说过的刺龙芽以及大叶芹一样，大多是经过人工栽培的。这也很正常，人工栽培野菜，跟人类驯服野兽一样，都属于进化过程。当然，菜市场里还有很多蔬菜、肉类和水果，品种之多价格之便宜，让人想就此留在当地生活。

差点儿忘了，这次来辽宁除了为了说耶一下那个笑话，还有一个目的就是打听一下抚顺黑蒜。这种黑蒜是我在北京的一家酒店无意间吃到的，一点儿都不辣，味道有些像无花果。剥去外皮即可食用，也可以用来炒菜。当然价格不菲，一斤大概要200元，是不折不扣的"蒜你狠"。因为自己喜欢吃，便捎带买了几盒馈赠亲友。本以为这种黑蒜在抚顺会赫赫有名，想不到当地人很少知道，他们推测黑蒜是用酱油做的，也没准是煤堆里长出来的。但有一点可以肯定，抚顺没有黑蒜这个品种，应该是经过加工而成的。至于加工秘方，只有天知地知，你不知我不知了。

抚顺的煤、煤精和琥珀

很早就知道抚顺出煤,但更多的就一无所知了。在抚顺参观过煤矿博物馆,才知道抚顺的煤有几个特点,一是离地表层很浅,据说是当地人在家挖地窖挖着挖着就挖出煤了。这当然是比较夸张的说法,煤层再怎么浅也是在砂砾层、绿色页岩和油母页岩之下,否则岂不人人都可以开采了。抚顺的煤还有一个特点就是易燃,随便一根火柴就能点着(这很像有的人的暴脾气),比烧柴火还省劲。再有就是抚顺的煤燃烧后几乎不留灰烬,环保,还不用花大气力处理废煤渣,而一般的煤烧完后留下的灰烬的比例跟原煤几乎是一比一。所以抚顺的煤价格很贵,而且一般都卖到外地,当地人自己烧的却是从外地运来的煤。毕竟是雷锋曾经生活工作过的城市,从这件事就能看到雷锋精神。在抚顺,处处能感受到雷锋的存在,有雷锋纪念馆、雷锋体育场(可能还有雷锋公园等)。在一家煤精工艺品商店,我看到一尊用煤精雕成的雷锋半身塑像,时隔半个多世纪,这个曾经的榜样仍在释放光和热量。

说完煤再说煤精,抚顺煤矿博物馆里有很多煤精的样品,其中我最喜欢的一块是当年(好像是20世纪50年代)送给朱德委员长的,不知道为什么又摆回博物馆的展柜里。我发现跟普通煤比较,煤精的质地要细,色泽也比较均匀。据说煤精在抚顺过去并不受重视,在人们眼里,它跟一般的煤没什么区别,随随便便扔炉子里就烧了,后来才发现它的工艺价值。我对这个说法有些存疑,有过收藏经验的人都知道,煤精不是现代人发现的,古人很早以前就用煤精制作印章之类的小物件。现在市场上很多煤精都是用煤粉合成的,其乱真程度专家都打眼,外行人更是很难鉴别。按我的理解,煤精就是成精了之后的煤,是名副其实的乌金,当然要格外善待,不管是古代还是现在。

琥珀就不多说了,因为现在琥珀和蜜蜡满天飞。之前知道琥珀由树脂演变而来,但琥珀跟煤相生相伴,还是头一次听说,感觉它们就像一双双黑暗中花豹的眼睛。在抚顺很多地方,都可以看到售卖煤精和琥珀的小店。煤精基本都制成伟人雕像,琥珀则多制成挂坠、手串,当然也有一些小摆件。价格没有打听,因为它们不在我的收藏范围。

抚顺煤矿博物馆是全国旅游示范景点,头一次听到工业旅游这个概念,门票30元一张,如果登上西露天参观台瞭望,还要再花20元。那么加在一起就是50元。我们没上瞭望台,而是直接来到露天煤矿边上一探究竟。我觉得露天煤矿视野开阔,场面宏大,不像巷道采掘作业那么施展不开,而且有那么多粉尘,更不用担心瓦斯、塌方和透水。

眼前的西露天煤矿是个长 6.6 公里，宽 2.2 公里，深 400 米的硕大的坑，我不踢足球，无法拿它跟足球场换算，但据下过这个大坑的人讲，能在里头转悠大半天。长亭接短亭，据说当地恋人经常来这里徘徊、惜别，难道抚顺就没有更好的风花雪月的去处？

大坑不远处，停在陈列广场上的重型机械设备就像一件件怪物。国产的除了有唐山机车车辆工厂 70 年代初生产的蒸汽机车，湘潭电机制造厂于 60 年代研制生产的 ZG150-1500-1 型电力机车，大连工矿工厂 1936 年制造的推土犁，等等。来自国外的有德意志民主共和国汉斯、拜姆莱尔 Lew 生产的 El-1 型电力机车，捷克斯洛伐克克达工厂于 50 年代初制造的 37e-1 型电力机车，苏联 50 年代初在大连机车车辆厂研制的准轨吊车，苏联乌拉尔奥尔忠尼启则重型机械制造厂于 50 年代初制造的挖掘机，苏联白俄罗斯汽车制造厂 70 年代初生产的别拉斯-7523 型采矿汽车，日本三菱公司于 20 世纪 30 年代制造的三菱 85 吨电力机车，以及美国马拉松公司 80 年代初制造的 L-800 型装载机，美国卡特彼勒公司 80 年代生产的 10N 型推土机等。从这些重型器械引进的年代，可以看出近百年来抚顺煤矿开采的技术引进以及合作的大致脉络，其中一些国家现在已经不存在了，比如捷克斯洛伐克、苏联和东德。

虽然这次通过参观抚顺煤矿博物馆搞明白一些问题，不过还有疑问，不管是煤、煤精还是琥珀，形成的时间都要上亿年，而上亿年前的抚顺之蛮荒可想而知，那是猛犸象、剑齿虎和矮脚马的世界。琥珀肯定是树脂变的，幸运的话，它会滴落在一只昆虫上面，把它永久地保存下来。但什么样的树（或者树在什么条件下）才可以变成煤、煤精或者化石（博物馆一进门就看到一截树化石），该不是只有紫檀以及黄花梨才能变成煤精，而类似榆树、松树之类的只配变成煤吧。这些知识希望在不久的将来有人能给我们普及。

溥仪的皮箱和牙粉

抚顺战犯管理所成立于1950年，最早是1936年由日本人修建的，用于关押抗日志士，开始叫"抚顺典狱"，这也是典狱长的由来。但搞不清设计者或者建筑师是谁，这不能不说是一个缺憾。我觉得设计监狱的人都是奇才，他们懂得在禁锢人的身体的同时，又让他们对所处的空间保持一种敬畏感和神秘感。所有的监狱大都如此。1945年，这所监狱专门用于关押日本战犯，解放战争结束后，国民党战犯也进来了。这些人加起来，足以构成一部中国当代史。1986年管理所开始对外开放。

我进去参观时大约是下午两三点钟，感觉整个管理所就我一个人，没有游客，也没解说员，在近似迷宫般的建筑里越走越瘆。墙角黑暗处偶见几个人的身影，走近一看，原来是战犯劳动的蜡像。他们面色惨白，穿着深蓝色的衣服，旁若无人地做着手中的活计（好像是在制瓦）。

在抚顺战犯管理所，类似的令人毛骨悚然的蜡像还有几尊，比如一个战犯会见家属的场景，一家三口坐在长椅上，战犯胖嘟嘟的小女儿在抚摸他的脸颊。孩子的出现，让人感觉非常灵异。再往前走，便可以看到一间监室里，几个战犯在下围棋。在另一间监室，溥仪在补袜子。

在所有的被关押人员中，溥仪无疑是最著名的，也是改造最成功的范例(不仅仅是学会了洗衣服、补袜子、系鞋带等生活技能)。在他所著的《我的前半生》一书中，对他在管理所的生活有详尽的记叙。我在一间监室门口看到这样一段文字介绍：1956年12月，李玉琴（溥仪的第四任妻子，1943年与溥仪在长春结婚，被封为"福贵人"）第四次到管理所探望溥仪，并提出离婚要求。所方为缓解两人的关系，经请示上级同意，破例为他们安排了临时居住室。据我所知，这样的破例延续至今。

在战犯使用过的物品陈列中，有溥仪穿过的毛毯、衣服、皮鞋，使用过的钢笔，与溥杰下过的围棋、餐具、朝阳牌牙粉、芭蕉扇等，要不是辛亥革命，这些东西应该陈列在故宫。但我比较感兴趣的是他那个著名的装珠宝的皮箱和他读过的书籍。皮箱不大，边上有几张溥仪交出的部分珠宝收条，其中有二龙戏珠金戒指、白金手表、金质狐狸形领带别针等，品位不高。读过的书籍中有《马克思恩格斯文集》《列宁文集》《联共(布)党史简明教程名词解释》《新民主主义革命史》《历史唯物主义》《辩证唯物主义与历史唯物主义》《帝国主义与中国政治》，以及《实践论》《矛盾论》《新民主主义论》等，感觉做一个末代皇帝真是不易。

陈列品中还有一些乐器，诸如手风琴、小提琴、二胡、口琴、快板，甚至还有吉他，另外还有一台留声机。体育用品中有哑铃、篮球、羽毛球、乒乓球、国际象棋等。我注意到一件捕捉老鼠用的鼠笼，可见当年老鼠十分猖獗。另外，有意思的是当年战犯们抽的是白鸽和沈阳牌香烟。一间展室中陈列有各式各样的医疗器械，比如拔牙用的钳子、听诊器等。

除了医务室，管理所中还设有浴池（战犯每周可以洗一次热水澡，比我洗得都勤）、理发室（管理所每月为战犯理一次发，大概是强制性的）、伙房和面包房等。一个展柜中陈列着豆（豆腐）类食品清单，上面有青豆芽、黄豆芽、豆腐浆（原文如此）、豆腐脑（连汤）、豆腐（北）、豆腐干、五香豆腐丝、豆瓣酱、豆豉、酱豆腐、臭豆腐、麻豆腐等，并标明了这些食品的脂肪、热量、粗纤维等。当然，并不是每个战犯伙食都是一样的，根据东北公安部发布的战犯伙食标准，将官和文官二等以上吃小灶，菜金原东北币每天15400元，合人民币1.54元；校级和相当于校级的文职官员吃中灶，菜金原东北币每天10400元，合人民币1.04元；尉级以下吃大灶，菜金原东北币每天4200元，合人民币0.42元。

此外，还有花窖、俱乐部以及菜地。可见条件还是相当不错的，所以这的确不是一座严格意义上的监狱，叫管理所更合适。但我认为还缺少一个档案馆，让人们可以随时查阅管理所的各种资料，因为教育意义主要体现在研究价值上。抚顺战犯管理所既作为全国重点文物保护单位，又是爱国主义教育示范基地以及红色旅游经典景区，收不收门票怎么收门票就成了一个问题。最终出台了这样一个售票方法：中小学生、儿童、70岁以上老年人、获"五一"劳动奖章劳动模范、立二等功以上的英雄模范、特级教师、一级、二级残疾人和军残可以免票；大学生、60岁以上老年人、军人、警察、教师、三级残疾人、四级残疾人半票。除中小学生和儿童外，符合不管是免票或半票条件的，必须持相关证件。条件详尽而苛刻，让人感觉不是参观监狱而是去探监。不知道是否有人做过这样的统计，全国上述人员加在一起，到底是怎样一个人口比例。但不管怎么说，这些条件我暂时都不具备，于是乖乖花50块钱买了一张门票（注：钱是沈阳朋友程远付的）。

沈阳

火车早晨到的沈阳，出了车站，发现站前广场那个坦克塔不见了。接站的朋友说，这儿是沈阳北站，纪念碑本来在南站也就是沈阳站，但后来也被迁到苏军烈士陵园了。多少年没来沈阳，难怪一下火车就晕菜。

因为预计只在沈阳待两天，所以行程安排得比较紧密。吃过早饭，稍作安顿后，就去找我小时候住过的房子，我在那儿从生下来一直住到六岁，对它有些模糊的印象。记得它在一经路旁军区保卫部宿舍的院内，是一栋两层的红砖楼房，有上百年的历史，最早是日本的领事馆，现在在不在都是疑问。临去沈阳之前，听我爸说楼南有棵大柳树，楼旁边有个花园，每年四五月间园子里的丁香便会盛开。我妈在楼下养鸡，其中有只老母鸡很乖，让它下蛋就下蛋。我妈生我姐的时候，那些鸡疏于照顾，被黄鼠狼吃了。从此以后，我妈对黄鼠狼格外痛恨。

几经打听，终于找到了那个院子，所幸那栋红楼还在，只是已经破败不堪。走廊里灯光昏暗，墙皮脱落，地板和楼梯几乎也磨损严重。不经意间，我发现楼梯扶手有颗生锈的钉子，想到儿时扶梯玩耍曾经被一颗钉子扎在胳膊上，一时间鲜血淋漓，姥姥抱着我去医院。转眼40多年过去了，眼前的一幕真是令人难以置信。这颗钉子是原来的那颗吗？几十年来它坚守在那里，就是为了再刺我一下？我觉得在一栋有上百年历史的楼里，发生什么都不奇怪。就在我抚今追昔的时候，一只白色的博美幼犬冲出来在楼梯口冲我吠个不停，二楼一位驼背的老妇人应声查看。我注意到她年纪大得连假牙都不全了，她说她知道我爸，她是六七年我们家从这儿搬走以后搬来的。当然，老人家说的六七年是1967年。

从小时候住的院里出来，我又去了202医院。当年我就是在这家医院出生的，生下来没几天就感染上金黄葡萄球菌，险些呜呼哀哉。那天下午天色阴沉，有点儿像要飘雪，加上当地的朋友约了吃饭，到了医院没有进去，只是外面照了几张照片留作纪念。

在沈阳期间，抽空逛了古玩市场，买了一座佛雕像，还吃了一顿老边饺子。据餐馆服务员介绍，老边饺子之所以这么叫是因为老板姓边（我妈记得是个朝鲜人），还因为餐馆所有的饺子馅包之前先要在锅里煸一下。老边饺子在沈阳有好些家，据说我们去的那家是最正宗的，一进门的墙上，贴着很多领导和明星照，其中有张餐馆老板和赵本山的合影。那时本山大叔才刚刚出道，笑容里带着灿烂和青涩。顺便说一句，那天我在老边饺子馆吃到的饺子，皮馅搭配得当，味道不咸不淡，是我吃过的最好吃的饺子，所以连续要了四五种，直到吃成肚歪。饺子我最怕吃皮薄馅大的，面香一点儿也吃不出来，恨不得直接吃汆丸子。

另外，故宫和大帅府是一定要看的。沈阳的故宫跟北京不太一样，面积不大且游牧气息浓重，看上去更像是一个萨满教的道场。给我印象深刻的是东侧的几个亭子，什么正红旗呀镶蓝旗呀各种旗等各占一间。五宫院内的东南角有一根木杆也挺有意思，这木杆叫索伦杆，满族人称它为神杆。木杆顶端有个锡斗，锡斗内放米谷碎肉来喂乌鸦，可见当年乌鸦的地位很不一般。大帅府则是另外一番景象，民国气息较重，样式繁复，中西混搭。大小青楼的叫法，更是让我觉得戏谑。比较特别的是赵四小姐那栋小楼，它建在大帅府的东院墙外面，据说是少帅夫人于凤至被赵四小姐对少帅的真情所打动而特别为她修建的。这样的觉悟，现代人无论怎样修炼怕也未必具备。

我的沈阳老乡对大帅一家的感情比较复杂，我觉得他们更喜欢大帅，对他的民间智慧津津乐道，对张学良则褒贬不一。总之，说到沈阳，颠来倒去就这俩人；说来说去，就是东北缺少人才。想到这儿真是令人无语。好在第二天天公作美，阳光灿烂。在街头买了两袋不老林，又品尝了几颗新下来的蓝莓，觉得生活也不过如此。

沈阳出租车7元起步，外加燃油费1块钱。沈阳的出租司机聊起天来，不输北京的出租司机。拉我的出租师傅是个中年人，得知我刚从大帅府出来，马上激动地说那儿有什么好看的，接着便历数一大堆不好看和不该看的原因。听说我住在民航宾馆,他马上又指点说,那个地方过去叫航天城,东塔机场原先就建在那儿,是张作霖1921年修建的,包括机场周边的道路。当年的少帅,也是在这个机场驾驶飞机起起降降。可是后来,唉!

唐山

唐山人并不像我想象的那样害怕地震，这次地震大约发生在晚上9点。这个时间他们大多都在看电视，没人惊慌失措，更没人穿着睡衣从家中冲到街上。拉我的出租司机边开车边抽烟，我注意到所有的唐山司机都是边开车边抽烟。他说这回地震跟30年前那场地震几乎一模一样，先是上下颠，接着就是横着晃。好在震级不大，据说只是3.8级，强度相当于媳妇发怒。但感脚（觉）劲儿挺大，住一层都能感脚（觉）得到。但有30年前那场地震垫底儿，他反而不脚（觉）得害怕。接着他用手比画一下说，当时整座城市都平了，你看到的这些楼都是后来建起来的。车走了好长时间，他才想到问我去哪儿。我说把我扔到最热闹的地方就行了，他说那我就把你搁在百货大楼。

百货大楼的斜对面，就是唐山大地震纪念碑，位置据说正是处于震央。只见几根石柱指向天空，石柱下方是一圈浮雕。我没敢上前细看，猜想上面记录的定是当年的惨状。突然想起唐山的陶瓷特别有名,我家里曾经有几个唐山的瓷盘,图案是香蕉苹果大鸭梨之类的水果,从日期上看,是地震后没两天生产出来的,当时有个响亮的名字叫抗震瓷,上面还写着"人定胜天"的口号,这么有纪念意义的收藏品居然被我送人了。

  我十分喜欢听唐山人说话。他们的语音和语速拐来拐去的,让你捉摸不透;仿佛嘴里含着丈八蛇矛。特别是在结尾处的那一抹,特别让我脚(觉)得意味无穷。唐山没什么好玩儿的地方,有个清东陵还在百里开外。但市内还有一些繁华的去处,有天上人间和阿一鲍鱼,尝过小馆里的全家福馄饨,满满一碗什么馅儿的都有,吃起来怪怪的。肯德基的味儿倒是跟北京一样。街上报贩叫卖着《燕赵都市报》和《唐山晚报》,一手交钱时华灯初上吓了我一跳。新华电影院里放着《理发师》的循环场,电影院旁边是一个名叫"一帘幽梦"的练歌房。后来有出租司机问我要不要找个地方玩玩,消费不高。我说我还是坐在您的车里看街景吧,因为唐山出租车的车价很低,才5元起步。

一个阴虚的人来到殷墟

1

安阳在河南的最北边,紧挨着河北的邯郸,往西就是山西的长治。从北京乘坐高铁到安阳,路程也不过两个半小时。其实,安阳在汉代就隶属河北,到了金代才划归到河南。原来现在的安阳人,应该视河北人为老乡呢。

安阳的出租车起步价两公里6块钱,拉我的出租车师傅说,之前是两公里5块钱,11年没涨价,在此期间,很多出租车都开报废了,也没能等到涨价那一天。现在的价格是今年1月1日改的。

安阳跟很多我去过的北方城市一样,永远有人在一大早放鞭炮,街上永远跑着结婚车队。然而安阳博物馆有所不同,不但参观免费,不用身份证领票,小件也不用寄存,省去了不少麻烦。但馆中的展品一般，多冥器，诸如陶俑、谷仓等，很难看到殷商文化的气象。安阳博物馆俗称二馆，博物馆、图书馆各踞一侧。其功能类似文化广场，报告厅有人唱歌排练，长椅上坐着一些打盹儿的老人，还有一些老人在施展拳脚。除博物馆外，安阳还有一家文字博物馆，大概是在殷墟出土了甲骨文的缘故。这些于三四千年前刻在龟甲兽骨上的文字加起来不到5000个，能辨识出来的也就一半。

本以为去殷墟要跑很远的路，实际上离城也就几公里，乘车十几分钟就到了。殷墟博物馆的馆藏分文字、玉器和青铜几个部分，感觉比安阳博物馆的馆藏好很多。玉器大多是妇好墓出土的，前两年在北京万寿寺艺术博物馆就举办了一个妇好墓玉器的展览。妇好算得上中国历史上的传奇女性，能打仗而且喜欢收藏，从她墓中出土的玉器居然达1900件。有人说她死在战场，还有人说她死于难产。作为商王武丁的妻妾，她的墓并没在武丁的家族墓地，更是给人以丰富的联想。在她的墓前，有一座汉妇好的白玉雕像，一身铠甲，手持一把大斧子（应该是钺），目光炯炯望着远方，不知道的还以为是花木兰。殷墟的门票90块钱一张，需要特别提醒的是，可以参观的地方有两处，一处是殷墟博物馆和妇好墓，另一处是5公里之外的殷商都城的遗址。很多人不知道，只参观完一处就以为结束了。

当然，汤阴县的羑里城一定要去看。相传，周文王曾经在这儿观测天象、演绎八卦（据说还顺便编了一本万年历）。由此可见，虽然处于被监禁状态（或者说画地为牢），他老人家的心情未必有多糟糕。

到了河南，不能不吃豫菜。所谓豫菜，并不在八大菜系中，以前知道的无非就是烩面。若干年前，北京流行吃红焖羊肉，据说也是从河南那边传过来的，火得一塌糊涂，以至于豆泡供不应求，很多豆泡都哈喇了也照吃不误。再有就是洛阳水席，但似乎也不能完全代表豫菜。

到了安阳后，第一顿午饭是在盛德利吃的，要了粉浆饭和鲜汤皮渣。皮渣8块钱一份，是用粉条和熟鸡蛋压在一起，然后切成菱形熬汤。第二天中午在内黄的一家街边小馆，又看到菜单里有酥肉皮渣。粉浆饭一碗10块钱，据说是需要1小时28分钟才能熬好的一碗饭，不到10分钟就上来了。大概也就是小米粥，里面有香菜、姜丝、胡萝卜丝和白菜，味道微酸，原因是熬粥的水是头天晚上用做豆皮的豆汁发酵，所以第二天中午吃才好，很多人都吃不惯。我虽然不喝豆汁，但觉得还能接受。只是花生放得多了些，一小碗里至少有30粒，挑出来够一盘菜。

安阳当地出产金星啤酒，3块钱一瓶，但餐馆里不卖，可能是因为价钱太便宜。后来晚饭在这家餐馆喝了青岛和燕京，当然还吃了道口烧鸡和炸血糕。本来要去另一家老字号金狮麟吃晚饭，但被告知二楼的包间已经满了，要吃只能在一层散坐吃泰国餐。金狮麟在安阳有两家，据说在北京也有一家，位置大概在五棵松一带。

在安阳，你可以不喜欢吃某些菜，但不能不知道一些历史掌故和沿革。拿道口烧鸡来说，你不但要知道在当地像北京烤鸭一样出名，还应该知道道口是滑县底下的一个镇。而滑县自西周就有了，而且那里的版画十分有名。吃袁府鸭，要知道袁世凯的墓就在安阳的袁林。吃彰德海参喝彰德府酒，要知道彰德就是安阳的别称。同样，喝洹河玉液吃水冶豆腐干抽红旗渠卷烟，都是跟当地的历史沿革有关联的，每一样说起来都是一篇文章。

2

第二天的早餐是在酒店吃的，据说当地人早餐一般都是吃扁粉菜，即把粉条跟红白豆腐以及青菜炖在一起，吃的时候蘸蒜汁。安阳街边能看到无数扁粉菜小馆。我没这个口福，只好等下次。吃过早餐，我跟阿坚和小蔡三人出发去安阳县磊口乡看修定寺塔。这天的天气没有前一天好，有些轻微的雾霾，加上坐在副驾驶的阿坚不停抽烟，烟灰和凉风顺着车窗的缝隙，全都吹到后座。所以我说，抽烟的人都不太讲卫生，而且自私。

前一天的天气不是这样的，蓝天白云，去殷墟经过洹河，看到很多人在水边垂钓，想起袁世凯当年也曾经归隐时垂钓于洹水之滨。天空中不时有双翼滑翔机飞过，经打听原来安阳有一所飞机驾校。虽然安阳也有一座热电厂和安钢，但都似乎没对当地的空气质量造成影响。但当地人对此很不以为然，说半个月前安阳的雾霾我没遇到。

磊口乡离安阳大约35公里，路上一番起承转合后，终于在十点多钟到了。传说中的修定寺塔果然不凡，此塔原名三生宝塔，修建于唐肃宗乾元元年至唐代宗宝应元年，故称唐塔。该塔全部由119种不同图案和造型的雕砖嵌砌而成，人物多为天王力士、伎乐飞天，另外还有一些胡人，很多人手里拿着乐器。他们舞姿曼妙，表情欢喜，看了心中惊诧不已。

  本以为要回安阳，没想到阿坚又提议接着去内黄县看大兴寺塔。内黄离安阳县将近90公里，到了内黄县城已经是中午1点多了，大家都有些饥肠辘辘，而且导航似乎也出了毛病。我们先在路边一家小餐馆吃午饭，阿坚点了三道菜，干煸扁豆和小炖羊肉，另一道忘了，反正不太好吃。管餐馆老板娘要金星啤酒说没有，于是阿坚喝了一瓶航空啤酒，商标上有一颗五角星，焦作啤酒厂出的，想必是焦作也有一所航校。小蔡胃口不错，吃了一碗米饭。我因为头天晚上喝大了，吃了一小口就吃不动了。若干年前，我跟小蔡在北京喝过一次，但彼此都没给对方留过什么印象。来安阳的头天晚上，我本来买了最后一班回北京的高铁车票，因为事先约好的司机没来，打电话过去也不接。看我在走与不走间犹豫不定，小蔡就势就把我的车票撕了，于是在安阳住了一个晚上。小蔡说他离开北京后去了上海，在一家为企业供氧的外企上班，专门负责河南这摊业务，十分会跟河南人打交道。

  餐馆的一隅，有一位老先生跟阿坚一样，把啤酒泡在一个热水盆里温着喝。阿坚斜眼打量了一下，说我猜他62岁。我忍不住好奇，起身打听，果然老先生今年虚岁62，跟阿坚同龄。他说他喝温啤酒是因为喝凉的胃受不了，这一点也跟阿坚相同。所不同的是不管高兴还是悲伤或者无所事事，老先生一次只喝一瓶，多了打死也不喝。老先生吃完一碗烩面喝了一瓶酒后结账走了。我问老板娘老先生是不是住在附近，她说应该不是，但这个人每隔一段时间就来一次。再跟老板娘打听古塔怎么走，她说离这里不太远，出门向西一直走就行，过了一个叫古桥坡的地方，再经过一个火葬场就到了。

第一眼看到大兴寺塔有些失望，它就在村子里一条土路旁，显得灰头土脸的。塔旁边竖着的一块石碑上刻着塔的简介，上书：大兴寺塔位于河南省内黄县西南17公里亳城乡裴村西大兴寺遗址内，此塔为九级密檐式八角实心砖塔，始建于唐武德三年（可见比修定寺塔的年代要早，风格也远不及修定寺塔那么华丽铺张）。1400年来，这座佛塔历经地震和洪水屹立不倒，但是据说上面的两级连同塔顶被飞机撞击掉了，原来的九级密檐也剩下六级，另一级怎么没的语焉不详。阿坚说，一般的佛塔的塔檐都是单数，至于什么讲究，阿坚吭哧半天也没说清楚。由于洪水，这座塔曾经被黄土掩埋了半截，跟修定寺一样，最后只剩下了佛塔，寺庙和僧人全都不在了。据说大兴寺香火最盛时有500多僧人。塔的一侧有一座土坡，据说就是当年寺庙的遗址，上面仍然有几棵古树，依稀可以想象寺庙原来的样貌。有关地震的记录，在《内黄县志》中应该不难查到，洪水就更容易理解了，内黄地处黄河边上，洪水肯定是家常便饭，内黄这个地名就是因黄河得来的。顺便说一句，有内黄便有外黄，其分别是黄河以北为内黄,黄河以南为外黄。正要离开时,看到离塔不远处有一块断成两截的石碑,大概是明代的,隐约能看出是重修佛塔的题记。

燕郊

华贸桥是一座大望路附近的过街天桥,每天桥下都会停着几辆各种品牌的汽车,从比亚迪到奥迪 A8,傍晚时分人和车尤其多,很多在北京上班家住燕郊的人,就拼乘这样的汽车返回燕郊。顺路搭车一般每人收费 10 元,人数凑够了就走。开车的大多也跟乘车的人一样家住燕郊,在城里上班,他们捎带乘客不过是为了省下高速费和油钱。跟出租司机不一样,他们穿西装打领带戴蓝牙耳机,一边开车一边谈工作。专门拉活儿的黑车收费反而高出许多,每人收费四五十都有可能,初次走这趟线的乘客,有可能糊里糊涂就把钱付了。可恶的是为了省下 15 块钱的过路费,那些黑车往往不走高速而是走 102 国道,东绕西绕,一趟下来比走高速要慢十来分钟。

也有人选择在这里乘坐公交。过去有 930 路从大望路到燕郊,但因为这趟车支线太多,很多眼神不济的人看不清车牌经常坐错,特别是在晚上，本想赶着回家吃饭，结果莫名其妙地在通州兜一圈。现在好了，有了811、812、813、814和815路，路不堵的情况下，这趟线的公交车一般40分钟左右就能跑完全程。

燕郊离北京大约36公里，地处北京河北交界，基本上算是在北京的大东边，属河北廊坊管辖，前几年还不为人所知。据说这块地方本来是一片麦田，直到有一天突然来了几十个开发商，新城就建起来了。跟其他城镇一样，燕郊的道路也有名称和路牌，但没人记得住，但说到哪个楼盘，大家都知道，比如美林湾、纳丹堡、潮白人家、夏威夷南岸和夏威夷北岸（当然，顾名思义，夏威夷南岸靠南，北岸靠北），出租车一溜烟就能把你送到。所以说燕郊是座开发商建起来的乡镇毫不为过，街边除了超市以及各种职业技能培训场所，就是众多的置地公司，我理解大概就是置众多人于此地的意思吧。在这样一座城镇里，没有名胜古迹，也没太多可玩可去的地方，有的只是最基本的生存，似乎燕郊这个地方纯粹就是为了居住而存在的。这里的生活还挺方便，尽管物价比北京高，因为据说燕郊蔬菜水果之类的大部分都是从北京运来的，本来燕郊有足够的土地种植这些作物。

作为一座移民城市，燕郊的居民哪儿来的干什么的都有，好些本来住在北京的人都到燕郊买房租房。因为地处河北，燕郊的房价这几年涨得并不太凶。人们的纷纷涌入，造就了燕郊建材、旧家电和旧家具市场的生意兴隆。但新城镇有新城镇的问题，我就听到一个在燕郊租房的朋友抱怨，说她的房子供暖比北京晚好几天，厕所的下水道还经常堵。公共基础设施也存在问题，夏天我们几个朋友去燕郊玩儿，吃完晚饭正要回京，突然遇到大雨，电闪雷鸣中，这座拔地而起的新兴城市迅速变成泽国，道路的积水有一米多深，连大公共都熄火趴在水里。我们的车在黑暗和积水中苦苦摸索，花了很长时间才回到北京。

燕郊出租车起步5块钱，不收燃油附加费。为了省钱，现在有些出租司机私自把车改装成燃气，燃气肯定要比汽油便宜很多，但这样对车的损毁很大。但小城市的特点就是这样，有很多领域都有捷径，都有若干可变通之处。

燕郊也有肯德基，但不供应米饭套餐，黑椒牛柳套餐、蘑菇煎鸡腿套餐都没有，要吃这些得去北京。那天正值周末，几乎都是年轻的家长带着孩子，而孩子们则把二楼的儿童游乐园挤得满满的。我奇怪这么多的孩子，为什么不专门建造一座大一些的儿童乐园呢。在燕郊还去吃过一块豆腐——吴府私房菜，这家店的菜还真是好吃不贵，那块豆腐一定是要吃的，每桌赠送一壶原磨豆浆也比一般的好喝。

总的来说，燕郊还很落后，尽管也享受到一些诸如京津廊同城漫游之类的优惠政策，但感觉诸多规划还没有起步。在我看来，燕郊更像是一块飞地，它最开始的不被看中，还在于它被安排在首都国际机场的航线下方。大家都知道，按规定大城市中心位置的上空是不能飞飞机的，首都国际机场坐落在燕郊的西北这样一个地理位置，决定了燕郊居民每天要看着飞机的起起降降。有谁注意到，夜晚时分，那些坐在飞机上的人在俯瞰京郊大地时，其中一部分就是来自燕郊的万家灯火。

燕郊过去叫睡城,博彩业和色情业都很发达,常有人从北京(及周边地区)开车来燕郊睡一觉,第二天早上再走。后来可能是因为名声太大,惊动了公安部,今年夏天的一个夜晚,专门由一位副省长坐镇,从唐山调来大批武警,把燕郊的电玩城、洗浴中心和KTV扫荡一空。此后过了晚上9点,燕郊的大街上就会变得黑暗萧条。

从燕郊回北京,通常都在一个叫酒厂的车站拼车。从北京到燕郊的顺路车或黑车到夜里12点都有,但从燕郊到北京过了晚上八九点以后基本上就没什么人了,末班公交车已经入库,单独租一辆黑车至少要80元。你该怎么办呢,为了回家你只能上路。车厢里你孤身一人,有可能吸二手烟,有可能听口水歌;途经西马庄收费处的路边,你还可以看到一家停业的KTV练歌房,上面闪烁着"天赐情缘"四个霓虹大字,告诉你发生在这座城市的一切,仿佛都是命中注定。

聊城

在众多次的抄老家之旅中，我的驴友们去过一次狗子的老家聊城。我有别的事没能成行，但在此之前，我曾经因为经由济南去临清出差，在聊城做过片刻逗留。

山陕会馆是必去的旅游景点，据说它是聊城处于漕运发达时期，一些山西陕西商人在当地建造的同乡会所，但功能却有点儿类似于现在的驻京办事处。里面有供奉关帝的大殿，还有山门、戏楼以及一百多间客房。讲解员花了很长时间给我讲了它的建筑特色，可惜我对建筑一窍不通，只觉得那些梁呀檐呀都叠在一块儿，显得抠抠搜搜的。不过，这倒符合我平时对这两个地方的人的印象。

说到戏楼也有故事。山陕会馆虽然是关帝庙，但戏楼上却从未演过关公戏，原因是关公不愿意整天被那些无聊商人当财神供着。于是托梦给馆院住持，说自己的功过虽已盖棺却未定论，而那些书文戏词对自己却过于美化,还是不演为好,否则会有报应。但有一年,南方来了几个富商(还有一个版本说是军阀)不信此禁,执意要在戏楼演"过五关斩六将",住持无奈只得应允。谁知锣鼓响后,那厢关羽正要挑帘出场,这厢正堂突然燃起大火。富商们的银票在瞬间化为乌有,堂舍却完好无损,大家都认为是关公显灵。

自从有了公路、飞机和小火车,那些靠运河吃饭的城市日渐衰落。聊城也不例外,除了生拉硬拽把武松考据成聊城人,当地有关部门还惦记着把人家堂邑的文庙迁到市里,以加大地方的文化含量。除了这些,就只能发展一些诸如魏氏熏鸡、灌汤包、牛筋腰带和踩高跷之类的民俗产业了。难怪那次抄老家之旅,大家聚在一起欢声笑语时,狗子却独自坐在角落里眉头紧锁,一言不发,表情里充满了忧患意识。

嘉定

狗子去嘉定代课,我们在"狗不理"为他饯行。问他以前去过没,他说是头一次。问他对那地儿知道多少,他说听说过"嘉定三屠",跟"扬州十日"齐名。原因据说是留辫子。问他到了那儿都教什么课程,他说教"应用文写作",比如怎样写检查和情书。总之,他的真实想法是干得好就干,干不好就辞职或被校方开除。

广州

广州最近出台了一项新规定,为遏止机动车抢劫犯罪,禁止电动摩托车上路。但如果拆下电池和发动机,可以把这些车当自行车骑,而且还不用办理牌照。于是广州街头出现了一群大男大女,在自行车道上狂蹬机动车的景象。

蓬莱

车一到蓬莱，当地的朋友就开玩笑说，你快成仙了。但我普通人还没当够，对成仙的兴趣不大。所以趁大家去游蓬莱阁，我溜去看古船搏物馆。先是在海边看到几门生锈的铁炮，又在一个庭院中看到几只猫在睡觉，它们显然见多识广，并不受游人的惊扰。

古船博物馆里有一艘宋代的帆船，破得已不成模样。另外还有一些从海底捞出来的坛坛罐罐，总的来说比较令我失望。本雅明是怎么形容来着：——硕大无比的帆船具有着一种绝无仅有的美，这不仅仅是因为它们的外形几百年来保持不变，而且还因为它们出现在最为永恒不变的景观中：大海，在天边的映衬下凸显出它的雄姿。

看来虽然很多东西近在眼前，让你看得见摸得着，但要想把它们变成传说中的一部分，就必须凭借想象。

长岛

在长岛,经常有这样的事情发生。有人在海边打水漂的时候,将几年的辛劳付之东流。他们先是试图让海水没过脚面,然后再逐渐没过胸部,甚至头顶。为彻底掩埋自己,他们还从别的地方运来沙子。

在海上最不容易辨别方向。看到明明是从对面驶过来的渡轮,还以为自己的船超过了对方。

在黄鹤楼旁抽黄鹤楼

到了黄鹤楼的时候,已经是晚上 6 点多钟,已经停止售票了。于是,我只好在黄鹤楼旁拍了几张照片,并且抽了一根黄鹤楼。过去这种牌子的烟一包要卖到一百五六十块钱,现在限价在 100 块钱。武汉人自己是不屑于抽它的,他们更喜欢抽 6 块钱一包白色包装的红金龙。这是一个武汉人亲口跟我说的。8 月的武汉天气酷热,但不管多热都属正常。

我觉得现在,越是一目了然的事情,就越不容易说清楚。比如很多人以为,黄鹤楼的由来是因为黄鹤,其实他们错了。黄鹤楼之所以叫黄鹤楼,是因为它的瓦片是黄的,再说,中国有不下 20 多种鹤,诸如白鹤、灰鹤、丹顶鹤之类的,就是没有黄鹤这个品种。当年李白登楼宴客(据说是为了给孟浩然钱行),看到崔颢那首诗很是失落,差点当场把酒给戒了,他想不到这个小他 3 岁的诗人,写的诗会比他好。

好在唐代的景点不收门票，不然李白除了生气，还要破费更多的银子。后来崔颢喝大酒喝死了，李白提着的心才放下，他知道黄鹤楼根本没鹤，所谓乘鹤只是一种比较委婉的说法。

再后来的事大家都知道了，就在崔颢死后的第八年，李白也死了。当时他正在湖上独自泛舟，好像还憋了泡尿，无意中看到崔颢腾云驾雾，驾着仙鹤从他的头上飞过。李白禁不住打了个激灵。以往出现这种情况，必然伴随着一篇千古绝唱。但这次有些例外，湖面上空空荡荡，就连狗屁都没发生，只有一些很小的昆虫，围着一朵莲花唱歌跳舞。诗人连死都死得比别人矫情。

武汉的一个出租司机跟我说，过去黄鹤楼的面积只有现在的六分之一大，而且没人去也没人看管，通往楼顶的旋转木梯上，满是屎尿。只是到了20世纪90年代（好像是1995年[①]），才用钢筋水泥修建成现在这样。这主要是为了吸引外地游客，武汉人自己从不把黄鹤楼当成景点。但是，登上黄鹤楼后却能看到别的景点，比如武汉长江大桥（京广线的高铁就从桥上通过），龟山蛇山，以及晴川阁等（其实这些从我住的酒店的房间里就能看到，不过，这么说是不是有些苛求）。下山的时候，看到台阶旁有几个算卦的摊子，牌子上都写着黄鹤楼独门一卦，不开口知你贵姓，不管问什么重大的事情，马上告知结果。还真有人坐那儿让他们算，被算者听得仔细，

---

① 实为1985年。

算卦者说得认真。

武汉通常被称为大武汉，包括武昌、汉口和汉阳三镇。过去武昌和汉口都设火车站，另外还有其他一些小站，后来都拆了。我对武昌和汉口没什么印象，但说到汉阳，恐怕最熟悉的就是汉阳造了。在工人民兵的年代，家家户户都会有这么一支。当时觉得司空见惯，换成现在那可了不得。说起武汉的大，还要说东湖，据说它是最大的内地城市湖泊（也有说是世界最大的）。打车去湖北博物馆，本以为我住的酒店和博物馆同在东湖边上，不会跑出去多远，想不到车费就花了30多块钱。

每年的7月16日对武汉意义非凡，那是毛主席畅游长江的纪念日。每年的这天，很多单位都派出方阵渡江。除了自1976年后停过几年，多少年从来都没中断过，而且一次都没出过事。因为渡江队伍有救生船围着，还有救生衣、救生圈之类的。路线是从武昌桥头堡游到汉口龙王庙（以前是滨江公园）。后来渡江分为竞技和表演两项，今年的渡江冠军被来自外国的一个参加过奥运会的选手夺得，武汉人表示很难接受，但又奈何不得。

武汉人对汉江很有感情，汉江在长江的上游，水是碧绿色的，从龙王庙进入长江就变浑了。所以，武汉人吃的水都是汉江的。1998年发大水那次，武汉差点被淹了，水大到什么程度？直接从地面咕嘟咕嘟往外冒。当时的情况确实十分危险，葛洲坝抵挡不住，九江也决了堤。以前武汉年年抗洪，每个单位都要签军令状，派人在堤坝上昼夜巡逻。

自从修了三峡大坝，武汉再不用抗洪了。所以，武汉人对这个工程是从心里感激的。

　　武汉靠江吃江，码头、航运都十分繁忙。据说热干面和三鲜豆皮，都是码头搬运工爱吃的食物，现在成了声名远播的美食。

田记、庄记和宝记

去外地玩，留给人记忆的，不是那些大鱼大肉，而是当地的小吃。这次去武汉，下高铁时正好是中午，没出车站，便拎着行李进了一家如意馄饨铺，这家小店有红油热干面、炸酱热干面和牛肉热干面。桌上的大碗里，放着葱花和香菜，以及醋和辣椒油，食客需要可以自取。我要了一份红油热干面，吃着不是很辣，配料也很简单，除了麻酱外，就是一些碎榨菜（可能还有咸萝卜干），但吃得我心满意足。出了小馆没走几步，迎面看见一家老汉口田记热干面馆，不禁有些后悔，据说这家店在武汉十分有名。

有时候在北京实在想吃外地小吃，就去它们的驻京办。

宜宾驻京办是之前的名字，现在降了一级，对外叫宜宾招待所。一次，老中医向我推荐它们的宜宾燃面。30年前，我去过宜宾，在那儿待了大约有一个月，奇怪的是，居然对宜宾燃面没留下任何印象，想必是这些年开发出来的（但也不一定，宜宾人别生气）。很多人经常把宜宾燃面跟武汉热干面弄混，其实最大的区别是宜宾燃面里有宜宾芽菜，而武汉热干面通常放萝卜干。有好事者往武汉热干面里放芽菜，要想辨别就困难了。再有就是宜宾芽菜里面的调料主要是酱油，而武汉热干面的调料是芝麻酱。如果有人执意往宜宾燃面里放芝麻酱，就天下大乱了。当然，宜宾燃面主要强调的是辣，不然的话，怎么对得起那个"燃"字。

傍晚来到武汉著名的户部巷，也就是小吃一条街，在一家小馆吃了三鲜豆皮，本来还想尝尝绝味炕土豆、蔡林记和李疯子牛蛙，因为不是排队就是人太多，只好等下次了。有一家叫通山包陀的小铺，招牌上写着不是包子，更不是汤圆，不知道到底是什么。一般成人的好奇心比儿童和宠物要重很多，什么都想尝试。反之，儿童和宠物对自己之前没吃过的食物，往往会表现得十分慎重。可能这就是所谓弱者的自保之道吧。

以往都是喝羊杂汤，这次从韶关到深圳，头一次在庄记客家猪杂汤馆喝猪杂汤。猪杂汤里其实不都是猪杂，除了猪肝、猪小肠外，还有瘦猪肉片和鱼丸。配一小碟酱油和香油，喜欢重口味的，桌上还有辣椒糊。这显然是一家夫妻店，招待客人热情周到，让人油然觉得还是南方人会做买卖。猪杂汤十分清淡，一点儿都吃不出是脏器，不像羊杂汤、卤煮或者炒肝，要靠大量的香菜、胡椒粉和大蒜去遮异味儿。除了猪杂汤，这家店还有牛腩饭、猪杂汤饭、猪杂汤面以及猪杂汤粉等。我怕吃得太撑，影响晚上跟老楼和我堂弟的海鲜大餐，所以只要了一份10块钱的猪杂汤。老板说还有15块钱一碗的，问他有什么区别，老板笑呵呵地说没有区别，无非就是内容多点。那天光顾了吃，忘了拍照，回北京打电话让仍在深圳的老楼补拍了几张。老楼在深圳做大买卖，一开口就是几亿。本以为不愿意去那种小店，没想到他说他已经去过好几次了。庄记猪杂汤离他住的酒店不远，走路也就十分钟。

又从深圳到广州，专门去一家宝记正宗隆江猪脚饭的街边小店吃猪脚饭。隆江是广东惠来县下辖的一个小镇，当地的美食属粤菜系里的潮汕风味，它们的隆江肠粉和隆江猪脚饭就像沙县小吃一样有名，但是在北京吃不到，这是北京人的悲哀。一份隆江猪脚饭里有猪脚、煎肉条、芥蓝，配有雪里蕻和辣椒，一份米饭（据说要用隆江当地产的米，吃着较硬，由于颜色不是很白，吃着反而放心，而且能吃出米香），外加一碗清汤（不喜欢喝汤的，可以要一听邓老凉茶，广州随处都可以看见凉茶摊儿，味道浓的像是喝中药）。我本来就喜欢吃猪脚，但很少以猪脚下饭，一般都是抱着猪脚干啃，吃相相当不雅。关键是吃隆江猪脚饭可以挑肥拣瘦，老板会问你猪脚要肥些还是瘦些的（我肯定要吃肥的），要不要加辣椒等。这间店里的猪脚之嫩，不是一句肥而不腻可以概括的。

另外，猪脚饭里的煎肉条比较神秘，据说是把打碎的瘦猪肉跟豆腐和在一起拍成饼状,然后放在锅里过一下油,装盘前切成手指粗的长条,吃着口感偏硬,跟猪脚搭配,倒是相得益彰。

去外地逛古玩市场

我去外地有一个嗜好，就是逛当地的古玩市场。这些年来，所到之处的古玩市场几乎逛遍了，当然也花了不少冤枉钱，同时也小有斩获。我从不把买来的东西当成所谓文物，更多的是把它们当成旅游纪念品。在家里闲极无聊时，每看到从外地买来的某一个物件，便会想起在当地的种种过往。

如果是一个人出去玩，我首先会挑北京的周边，比如河北和山东，因为坐车方便，可以当天去当天回。最近的是天津的沈阳道，后来搬到别的地方。最早，到现在已经没什么东西了，上次看到一面汉代的铜镜，开价5000不还价。去过两次保定，保定离北京也不远，乘坐高铁也就40多分钟，古玩市场在一个公园门口，店铺不多，大多都是沿马路边上摆的地摊儿。曾经在一家古玩店铺里收得一件残损的佛像，至今被我珍藏。去年夏天去淄博考察琉璃，顺便逛了一下当地的古玩市场，地摊上摆的大多属龙山文化，诸如玉璧、珠子什么的。早些年在济南逛英雄山市场，感觉好东西不多，看到一块包浆很好的一公斤重的和田玉料，毅然买下。唐山和秦皇岛离北京也很近，店家的东西不错，但价格普遍比北京高。

近一两年去德州比较勤，从北京坐高铁约1小时20分钟。德州的黑马市场周五大集，周边的文物商贩都会来摆摊儿。上周又去了一趟，出乎意料，感觉非常冷清。市场上寥寥无几不过几十人，很多摊位都空着，有几个摊十点刚过就开始收摊了。原因不用问，都知道近一年多市场不景气。之前是北京的报国寺不让摆摊了，前些日子潘家园的商户又跟管理方发生了冲突，好在离我家较近的京西博古苑古玩市场还热闹依旧，但就连在此开店多年的商户自己也不知道能经营到什么时候。无论如何，古玩行三年不开张，开张吃三年已成为老皇历。特别是地摊儿上，稍好一点儿的东西三五百块钱就能买到，别说吃三年，能把当天的摊位费挣出来就不错了。

这次去德州还遇到这么一件事。刚下高铁，出租车司机听说我去淘古玩，便搭讪说若干年前建德州广电大厦，挖地基时挖出很多袁大头，村里很多人挖走不少。古董商闻讯前来收购，当时大概是230元一枚。出租司机说他家娘舅就收藏了两坛银圆，家里人都让他卖了，可他一直舍不得。眼看着娘舅的年纪大了（70多岁），现在的思想开始活动。说着，出租司机偷瞄我一眼，问袁大头是银的吧。我心想，袁大头确实是银的，但我要是接了话茬动了念头，我就变成冤大头了。其实，德州不光是地底下有宝物，水底下也有。10多年前德州运河干枯，就有人用铁锹在河床下挖了不少东西。据说日本人提出免费给运河清淤，但是不知道什么原因被拒绝了。

冬天就不用说了，夏天我也很少去逛露天的古玩摊儿。因为天气太热，令人几近昏厥，而出汗会影响你的判断。虽然有的露天古玩市场有了遮阳伞或遮阳棚，但那些经过太阳暴晒的物件（尤其是青铜啊瓷器啊）拿着仍然烫手，就像刚从火里取出来一样。特别是下午，我怀疑那些蜜蜡之类的东西早该被晒化了。有几次刚把东西拿起来，就被烫得险些一把扔掉。

古玩行买卖间传递物件讲究轻拿轻放，特别是在店里，柜台上铺个毯子或者绒布，一般都不直接手递手，不然东西碎了算谁的？地摊儿就不这么讲究了。一回，看到一个大妈不小心碰倒一件瓷器，没等缓过神来，摊贩大喊一声：开张！接着就是艰难的讨价还价。其实明眼人一看瓷器根本没碎，有一道纹还是老裂。碰到这种情况，只好哀叹自己运气不佳。谁让人家碰瓷还来不及，你却把自己送人家手里了。

我想起老黑跟我讲的一个故事。有一回他开车去天津，在沈阳道倒车时不小心碰翻了一个蛐蛐罐。罐倒是没碎，但罐里的大将军蛐蛐却逃了出去。蛐蛐罐的主人想趁机讹他一把，拉住他不让走。众商家连同看热闹的也围着一起起哄。老黑见状谎称回车里拿钱，上了车一脚油门冲出重围。不然的话，不说赔上身家性命，至少也得赔他个底儿掉。这个故事我在别的文章里讲过。

根据我的个人经验,买完东西不能直接跟朋友喝酒。不然的话,不是把刚刚淘到的宝贝送人,就是不小心把东西给打碎了。有几次喝完酒不细心,加上舟车劳顿,东西背回北京,如果是瓷器免不了缺胳膊少腿,有鼻子没耳朵,令人心痛不已。

喜欢武汉的文物市场。在扬州买过一匹汉代的陶马。在高邮看到一块金砖,要价1万块钱,运到北京能卖到3万块钱,因为太沉只好放弃了。在海拉尔看到一对满血沁的汉代玉猪握,以及一件元青花梅瓶,要价太过没舍得(主要是买不起)。在广州古玩市场看到一对乾隆年间的钧瓷花盆,因为行李已经超重只好作罢。

跟各地的古董商打交道也很有意思。一般讲,南方的古董商都比较精明,比如上海、苏州和杭州。北方的古董商虽然不像南方的古董商,其实也不傻(这行当没有傻子),只不过有的时候喜欢装作一问三不知的样子,眼看着你入套。南北古董商的穿着行头也不一样,南方古董商喜欢穿中式大褂(绫罗绸缎)外加一把扇子,北方古董商冬天棉裤棉袄,夏天拖鞋大裤衩。北京古董商最特别,喜欢显摆自己的学问,一旦看你比较懂行,就瞬间把你当成知音,跟你探讨(其实是贩卖)各种知识典故。

不管哪儿的古董商,都是以貌取人,瞬间观察完客人的相貌和打扮,就知道这个人有没有钱,懂不懂文物。摆地摊有所不同,他们主要是看鞋。在潘家园摆过地摊的一个小贩跟我说,一般他们都不会抬头看顾客的长相（看了也记不住），主要是看鞋，看同一双鞋半小时后再次出现，心里说，嗯，刚才询价的这位又折回来了。

大城市打车指南

自打北京重新有了出租就开始坐,少说也有 30 年了。从伏尔加到上海到蓝鸟,什么车没坐过,有的车型估计好多人没听说过,夏利天津大发都是后来的事。那时候出门真方便,人傻车少,现在车多了,出租反而越来越难打。昨天晚上出去吃饭,正赶上下小雨,放眼望去,路边全是招手打车的。而这样的情形,以往只有在特殊情况下(如圣诞节)才能看到。在雨中我等了足有 20 分钟,才等来一辆出租。

跟以往不同,现在的司机绝大部分是来自北京周边地区的,以密云延庆居多。由于家住得远,轻易不进城拉活儿,他们的说头自然也就多了,太早太晚不出来,天气不好不出来,上下班高峰不出来,节假日就更不出来了。他们要在家里陪孩子放鞭炮,给老人包饺子,跟邻居发小喝酒。不是歧视,我本来就觉得城外的人乡土观念和家庭观念比城里的人要重。

只是他们的口音令人困扰,如果听到天津口音或者秦皇岛口音,千万别以为去了外地,你就是在北京。尽管司机不认路,有可能连天安门在哪儿都不知道;尽管有的司机会拒载、挑客、抽烟、打电话、听评书相声自娱自乐,但大家对此早就习以为常。

据我所知,北京难打到车的地段有西单、世贸天阶、紫玉饭店附近、金融街至百盛(特别是下班时段)、簋街、三里屯、上地和望京。顺便说一句,望京这个地名真是名副其实,眼巴巴的,就连道路都修得跟迷宫似的。人们有理由怀疑,望京是北京吗?

总之,这就是目前北京的状况,开车的不认路,加上打车的人不懂事(这是题外话)。所以,在北京打出租,我的经验是先上车再说,然后再说去哪儿,不然你一辈子都会站在路边。赶上雨雪天(他们管这个叫极端天气)不要紧,不要管外面的大气候,要紧的是你内心的小气候小宇宙。实在不能牢牢把握住大方向,不出门就是了,待在家里永远是上策。

即便你不打算成为这个城市的永久居民,我也建议你买一辆自行车。这样你的行动就自由了,还免受单双号之苦,但前提是你必须学会如何跟机动车和行人争道,而且在不骑它时把它保管好。轿车能不买则不买,以免得参加排队摇号,同时也避免给这座城市添堵。

至于其他的城市,情况就不好说了。近些年去过广州、上海和沈阳,觉得还好。难打车的几大城市首数南京,然后就是杭州和苏州。

先说南京,印象最深的是有一回去南京参加一项活动,回来的时候险些误了火车。当时也是下小雨,我站在路边,左胳膊举累了换右胳膊,险些脱臼,后悔不该吃完晚饭才走。其实满大街都是空驶的出租车,但一辆不停,因为他们也要吃饭或者要交班。这是他们天经地义的权利,任何人不容剥夺。

所以,在南京,如果你约了7点钟吃晚饭,5点出门肯定就晚了,你必须下午3点钟就出门。到早了没关系,你完全可以在餐馆附近电影院、咖啡厅、书店、网吧、洗澡堂或者超市消磨时光。在南京市民眼里,这些地方都是餐馆的配套设施,都是为了餐馆的存在而存在的,它们构成了一个完整的消费链条。所谓繁华商业区,大概就是这么发展起来的。所以,别说你赶火车赶飞机,就是火上房贼上墙,也急不得。

还有一条需要牢记,在南京,凭运气打着车是不可能的,侥幸心理只会给你带来绝望。我的忠告是尽量不要把晚饭约在晚上,应该直接把晚饭改成夜宵。还有,就是你必须学会放下,去掉执着,同时替南京人民着想一下,这么多年人家是怎么熬过来的。

虽然杭州以路窄红绿灯多著称,我对它们出租车的印象不错,他们大多懂礼貌,熟悉业务,从不漫天要价,也不会带你走冤枉路。但西湖景点周围是万万去不得的,不管几点钟,也不管你是去看三潭印月还是去六和塔,否则的话你只有吃后悔药。在路边站半小时打不着车是常有的事,许愿发誓人品好坏都不管用,打不着就是打不着。点儿背的有可能指挥交通的交警都下班了,你还戳在那儿(特别是在吴山广场至河坊街一带、火车站周围、黄龙以及武林门,这种情况极有可能发生)。遇到这种情况,最好的办法就是信奉千里之行始于足下,坐 11 路走到有可能能打着车的地方。这时你会发现,现在离你要去的地方已经不远了。

如果你去杭州,我的忠告是干什么都行(比如发呆、喝茶、晒太阳),就是不要去那些旅游景点,尽管这是一座旅游城市。另外,就是打车的时候,手里拎的东西不要太沉,最好不要超过 50 斤,否则你的老腰或者小腰会受不了。

苏州的情况跟杭州类似,也是景不留人车留人,寒山寺、拙政园不是看腻了吗,那就不妨进去再看一遍,以便加深印象。苏州的出租车很怪,喜欢在外城跑,按他们自己的话说,就是老城进去就不好出来了,因为老城外的路格外不好走,哪儿哪儿都是乱哄哄的。我在苏州遇到的情况就是这样,去的时候还算顺利,出来的时候就困难了,那情形很像掉进了一个旅游陷阱。如果非得乘出租,你可以先坐一段人力三轮车,然后换乘公交,再换乘地铁(苏州有地铁吗),然后走几步路,找到一个比较好打车的地方再乘出租。但我怀疑这么做是不是太跟自己过不去了。

目前,北京出台了新的打车政策,就是鼓励拼车容忍私家车营运,这实在也是没办法的办法。

韩食记

2008年8月去韩国参加电影节，在首尔待了一周。本来不打算去来着，可是犹豫来犹豫去，还是去了。对韩国吃的没什么印象，因为总觉得该吃的在北京都吃过了，北京什么韩国馆子没有啊，常去的就有萨拉伯尔、汉拿山和权金城，想吃烤肉吃烤肉，想吃石锅拌饭吃石锅拌饭。还去过望京一家韩国人开的小馆，吃得挺舒服，在一栋商厦的二层，可惜餐馆的名字记不住了，是在798参加一场活动后，郝嘉带我们去的。

主办方的接待热情周到，据说越是不那么起眼的电影节，他们就越肯花钱，以便吸引好的影片参展。当然，首尔数字电影节近年来还是比较有影响的，这是题外话。说到韩国的吃的，主要的感觉就是一个贵字，一碗普通的骨汤面，至少要人民币20多块钱。他们一棵大白菜也卖这个价，贵的时候能涨到60块钱一棵。牛肉的价格就更别提了，特别是韩国本土产的牛肉，连吃一周感觉能让一个中产家庭破产，连韩国陪同都说，一般的韩国人都拿肉送礼用，诸如排骨啊五花肉啊，整整齐齐地码放在一个小盒里。听过一个说法，韩国人平时舍不得吃五花肉，馋了就吃几片三花肉。天呐，有三花肉一说吗？

所以，本来还想吃高丽参炖鸡、牛肉烧烤之类的，这种想法在到了韩国后迅速打消了，只好通过参加一些活动改善伙食。主办方为这次电影节安排了一场欢迎晚宴，一次闭幕式酒会，还有一次跟评委吃午餐。那顿午饭吃得还行，好像是烧烤。但吃饭的时候盘腿而坐，这姿势对我来说难度太大，我只好一会儿侧卧，一会儿蹲着，整个过程如坐针毡。晚饭后还有一些自由讨论活动，一般都是在酒吧进行，这也是改善伙食的绝佳机会，可以顺便吃点儿喝点儿。

最值得称赞的是酒店的自助早餐，这种标准化的西式早餐本来是最不值得一提的，但被我们中午和晚上的粗茶淡饭给烘托起来了。只有在这时，你才能体会到早上吃好的重要性，所以一定尽量往撑里吃。烟肉煎蛋是必需的，腌三文鱼吃完了再取一趟，外加一份芝士焗西红柿和葡汁焗西兰花。香肠奶酪种类繁多，尽量多尝一些，不要忘了配以黑麦面包。在西柚汁、全脂牛奶和咖啡中，我每次只选两样，以便留下空间吃点心和水果，但千万不要忘了喝一碗奶油蘑菇汤。有这样的早餐垫底儿，什么样的午饭都能对付。

闲着没事在首尔街头转悠，随处可见街边小摊儿，有的看上去跟关东煮差不多，烤串摊儿兼卖鸡肉串、豆腐卷、肉肠和鱼丸汤，还有一些小摊儿卖紫菜包饭和炒年糕，来吃的人大多是来去匆匆的上班族。

我忍不住好奇买了几串鸡肉串，据说煮肉的汤汁里有很多种韩国药材，看来韩国人的食补概念跟咱们类似，吃着吃着就把病吃好了。

但著名的米肠没能吃上，只能下次吃了。它的做法是把猪肠子洗净，把糯米放进去蒸，有的加猪血有的不加，但葱姜蒜和淀粉是一定要有的。临离开的前两天晚上，我专门还请韩国的陪同吃了牛肉烧烤，吃过才知道，韩国牛肉确实很好吃，不说跟美国或澳洲牛肉比，反正比咱们的牛肉香多了。这时才理解为什么韩国老百姓为了美国进口牛肉，敢上街跟政府玩儿命。

记得邻桌坐着几个学生模样的年轻人，他们喜欢我的眼睛，一高兴咬牙又多要了两盘牛肉，以致险些没能吃完把肉剩下。

香山三日

上星期因为写稿，我和《财经》杂志的陈飞去香山住了三天。我们俩是在周六下午到的，入住在香山公园里的蒙养园。这是一栋民国风格的青砖建筑，建于1920年。根据史料记载，1917年8月，京兆各县水灾，当时，曾经做过民国总理的熊希龄被特派负责督办京畿一带的水灾河工善后事宜，并安置受灾儿童1000多人。水灾过后第二年，仍有200多名灾童没有人认领，熊希龄多方游说，于1918年在香山静宜园设立了慈幼院，1920年10月又建成了蒙养园。熊希龄为此投入大量心血，把多年的积蓄以及家产和房产全捐了出来，据说闲时还以60多岁高龄带领蒙养园的童子军登山，难怪他被称为中国近代慈善第一人，还当选为国际红十字会中华分会会长。后来陈飞给我推荐了一篇题为《解放前的北京香山慈幼院》的文章，它发表在1962年出版的《文史资料选辑》第31期。作者关瑞梧1933年至1937年曾在该院工作。

根据他的说法，慈幼局最早设在北京西城二龙坑郑王府花园，后来才挪到香山静宜园，并改名为香山慈幼院的。当时的局长是天主教徒英敛之（也是英若诚的爷爷英达的太爷），熊希龄因不满英对孩子宣传天主教，才导致了这一系列变故。

晚饭前，我特意在宾馆前后转了转，觉得这座院落别具魅力，却也幽静得有些气氛森然。各种树木枝繁叶茂，其中我认得出的有油松、侧柏、竹子和海棠，都有很高的树龄。说到植物，陈飞说以前香山的大久保比较有名，但桃树显然应该种在果园，种在这里不但难成规模，桃子没熟，估计就被孩童们摘没了。

晚饭是在宾馆餐厅吃的。建筑两侧的露天排列着桌椅和阳伞，吃饭的人很多，我们找了靠里的位置。服务员推荐给我们黄泥烧鸽子、水晶虾球、干烧鲈鱼和上汤丝瓜，其中干烧鲈鱼是半价。主食点了两碗米饭。本想吃菜单上的鹅肝冻，被告知卖完了。服务员还给我们推荐青蛙系列，诸如金牌干烧稻香蛙、特供泡椒稻香蛙肚等。但我觉得在蒙养园这种充满爱心的地方吃活青蛙有些逆天，所以就没点。餐厅供应的啤酒是北京珍品纯生，12元一瓶，我们喝了两瓶，另外还有一瓶蓝莓果汁。啤酒挺好喝，但蓝莓果汁味道不对。陈飞拿过瓶子一看，快过期了。我觉得在咱们这儿，快过期的东西就已经过期了。不管怎么说，晚饭不错，就是服务员身上的花露水味稍嫌重了点儿，不过也不能怪她们，她们抹这么多花露水，可能主要是为了防蚊子。

吃完晚饭接着回房间干活，发现房间里的设施还是20世纪七八十年代的，暖水壶是塑料的，门锁要来来回回拧好几下。陈飞安全意识强，睡觉前还挂上门锁上面的链子。上次去怀柔开会，我们俩也是住一个房间。接触过陈飞的人都知道，这个人啰唆、固执，承受能力差的会被他折磨得当场崩溃。但跟他在一起的好处是他不抽烟，而且随身携带好茶，这回他带了好几种茶叶，有大红袍、碧螺春和正山小种。就在我们干活儿的时候，就发现一只马蜂、一只苍蝇和一只蚊子在房间里来回飞，在这荒郊野外，没看见蝎子毒蛇就属万幸。奇怪的是宾馆里的枕头，一个荞麦皮的，一个丝绵的。我喜欢睡硬枕头，便把荞麦皮的放在上面。马蜂和苍蝇被陈飞临睡前轰了出去，但那只蚊子始终跟我们打游击，并且从客厅跟到卧室。可怜我晚饭没点青蛙，救了至少10只青蛙的命，也没见这时候有一只来报恩。

早上完全是被鸟叫醒的。洗漱过后，下楼吃早餐（餐费含在房费里面），仍然坐在头天晚饭坐过的位置。这家宾馆的早餐固定搭配，服务员给我们上了一盘拌土豆丝，一盘拌圆白菜，以及两个茶鸡蛋。主食是两个豆包两个馒头以及一盆小米粥。豆包和馒头全是半发面，吃着有些发酸。包子类似杭州小笼包子一般大小，馒头个也不大，比婴儿拳头大一点儿。看边上的桌子有咸鸭蛋，我问服务员是不是也能给我们这边上一盘，服务员说，只有五个人以上才上。我说花钱买行吗？服务员说花钱也不行。不知道是不是当年慈幼院留下的老规矩，以致到现在还把客人当成寄养在这里的孤儿。也许是过意不去，服务员后来给我们这桌送了一盘榨菜。

吃过早饭去昭庙那边转转，一年前我来过一次，当时正赶上修缮没能靠近。这是一座藏庙，是乾隆四十五年为接待西藏班禅来京，仿西藏札布伦布喇嘛庙建造的。庙里的那座白台是我喜欢的那种类型，在其他寺庙建筑中不太常见。我在庙里照了几张照片，下山的时候还拍了三只蜈蚣和一只死知了。

午饭是在蒙养园边上的松林餐厅吃的，我们点了炝莴笋、香酥鸭子、西红柿牛腩煲，主食要了茄丁面和花木耳面。陈飞点了一瓶啤酒，我不想中午酒喝得醉醺醺的，便点了一听可乐和一听王老吉。需要说明的是，这家餐厅的杯子是一次性纸杯，饮料倒进去味道怪怪的。

下午小顾到宾馆来找我们，他的古琴作坊就在香山东门，红叶马术俱乐部的边上。刚过了约定的时间就接到小顾电话，说宾馆的前台不让进，必须下楼去接。刚把小顾接到房间，服务员又追进来让小顾填写会客单。看来不光是陈设，就连服务也完全是国营宾馆的做派。

晚饭小顾推荐在香山东门停车场边上的富春鸭馆，我把地瓜猪也喊来了，后来立峰他们也来了。因为人多，立峰他们又在隔壁开了一桌。若干道菜里，只记住陈飞点的一道叫清炒草头的菜，以前没有吃过，味道还是蛮特别的。小顾说这在他们老家叫金花菜，炒的时候要用白酒烹一下。因为香山公园 7 点半净园，宾馆 9 点锁门，我们没吃多久就散了。回到宾馆虽然有些意犹未尽，但躺到床上后不久就睡了。可能是因为酒喝得还算到位，加上汲取昨晚的教训，睡前点上了电蚊香，所以一夜都睡得比较踏实。

第三天的早餐还是在宾馆吃。这次就我们一桌客人，也许是周一，家住城里的客人已经在头天退房赶回去上班。早餐的内容跟头天差不多，只不过豆包换成肉包子，服务员还送给我们两块酱豆腐。

一上午紧赶慢赶，终于在退房之前把活儿干完了，几天来每天的工作都在七八个钟头以上。这天的天气非常闷热，走几步就会出汗。陈飞下午有事，必须两点钟之前赶到单位，午饭就近安排在香山饭店，主要考虑吃完饭叫车方便。说到香山饭店，陈飞说刚建成的时候一些老年人忌讳白色，不爱来这里住。饭店里的姑苏园经营杭帮菜，我们点了东海长寿菜、干锅油豆皮和一份老鸭煲，主食是半打萝卜丝饼和一盆阳春面。东海长寿菜是海产品，吃着有些腥，干锅油豆皮过辣，不像杭帮菜倒像湖南菜。老鸭煲到结账时还没上，只好退了。出租车上，司机说午后北京有大到暴雨，气象台已经发出蓝色预警，可我看着却是晴天。正说着，雨就下起来了。

走运之旅

上星期阿坚张罗了一次走运之旅。这里说的走运,指的是沿着京杭大运河景县段行走。虽然是一段稀松平常的出游,却让我改变了对运河的看法。之前也走过好几段运河,比如通州、高邮、扬州、杭州等,这次走的南运河看上去像是一条自然河道,曲里拐弯的(据说其作用相当于水闸)。我有些好奇,难道笔直壮阔不是更有利于航运吗?

运河边上立着两块牌子,一块大的说的是南运河的历史沿革

南运河南起山东临清,流经德州,再经河北东光、泊头、沧县、青州入天津市静海,又经西青区杨柳青入红桥区,流经红桥区南部,至三岔河口与北运河汇合后入海河。

南运河的开凿始于东汉建安九年(公元204年),是在曹操所开白沟、平房渠和利漕渠等区间运河和隋唐时期永济渠的基础上形成的。宋代及元代初称御河，清代始称南运河。

隋大业四年（公元608年）春，在曹魏旧渠的基础上利用部分天然河道开永济渠，永济渠从内黄南到临清一段演变为今天的卫河，临清至天津段相当于今南运河段。

宋代，黄河的侵入导致南运河（当时为御河的一部分）常患淤塞和泛滥，因而这一时期修堤、疏浚、改河工程不断，工程量巨大。

元初御河已不通运，1233年发夫役四千疏浚河道，恢复水运。南运河段由于洪水时堤防常决溢，除防堵外已开始开减水河；另外由于冬春时水源缺乏，禁止御河上游引水灌溉。

出于泄洪考虑，自明永乐年间开始在南运河德州以北段相继开挖多处减河。南运河地势较高，城镇田庐相对较低，且河道多弯曲，全靠堤防防守。乾隆年间曾在南运河进行大规模的放淤固堤活动。

民国时期，南运河设立了武城、德州水文站，并将南运河至三岔口裁弯取直，同时对各减河建立闸坝。19世纪末20世纪初，漕运停止后，南运河仍可通航，直至20世纪80年代南运河航运中断，现作为区域行洪排水河道。

还有一块是南运河简介

南运河全长309公里，设计流量180立方米每秒。上起四女寺枢纽，下至天津十一堡，流经我市吴桥、东光、泊头、南皮、沧县、运河区、新华区、青县8个县（市、区）。

运河上有一座水泥桥（我们就是在桥头下的车），看着虽然不起眼，却是景县和沧州间的界桥。中国历史上的行政划分很有意思，大多都是以自然界的山川河流为依据，其中河流当然也包括运河。这方面可以举很多例子。

南运河的河面很窄，河上没船，如果不看牌子，还以为是一条普通的河。唯一能说明它的身份的，是沿河一条用古代园林才会看到的那种很费劲的方式铺成的砖路，只有很短一段是水泥。天气不错，有人光脚（意思可能是光脚的不怕穿鞋的），还有人光着上身，据说孙民还在一个没人的地方裸奔来着。他在三年前走过这段，心得是自从走了运河，运气更差了。景县的周军夏天吃过晚饭，也专门沿运河骑过自行车。

运河边上有很多农田，冬小麦刚出苗，它们是10月份种的，要等到来年的6月6日收割。运河边有人放羊，不远处的麦田里有人在烧麦秸，运河的对岸还有人烧荒。走了两个多小时后，天色开始渐暗，前面的路越来越难分辨了，天气也迅速变凉。我们决定穿过一个叫第四屯的村子，直接在村口等大巴。村子里没什么人，感觉是事先知道消息纷纷躲起来了。一个中年男人倚着一棵树，一只小狗冲我们狂吠不止。村子里到处堆着老玉米，一间椒房里沿墙壁堆着很多红辣椒。它们色泽鲜艳，乍一看还以为是鲜花。而且它们都是连着根茎，据说这样是为了避免辣椒过早变干，从而更多地吸收养分。

这次沿运河大约一共走了 8 公里，约 20 人，包括宿州来的汉行。阿坚光着膀子走了一小段后折返回去，坐车回酒店了。看来，人越老越是注重保养。一起走的还有洛阳的老胡，这次他们是组团来的，十几个人包了一辆大巴。

回到县城，运涛特意在地锅鸡店给大家准备好了百鸡宴，在扒鸡之乡，当然少不了扒鸡。由于人多，在餐馆整整摆了两大张条桌（北京的小严也专门赶来了，因为到得太晚，讲座和走运都没赶上）。运涛是武邑人，武邑和景县离得很近。

第二天一早，老胡带着洛阳亲友团去武强看年画，我们则去看了景县的舍利塔。景县舍利塔建于北魏永平年间，属于景县一景。之前每来景县，都要来塔下转转。这次主要是为了陪汉行。到了才发现，因为施工，塔的四周都被围栏拦着，据说是要修成休闲公园。资料显示，舍利塔本来建在开福寺内，后来发生的事情跟大多数寺庙的情况类似，寺庙毁了但塔还在，我觉得修公园还不如把寺庙一起恢复了。

因为高大师急着去逛德州的古玩市场，然后赶下午 4 点的高铁回北京，便没去看周亚夫墓，也有人说这个墓是他的衣冠冢，其骨骸不知去向。周亚夫跟汉行一样也是江苏人，在景帝手下做事，在历史上较有影响。后被封（实际上是贬）为蓨侯，蓨这个字很有意思，既是景县的古称，字典里又是羊蹄草的意思。

余东行

1. 不相爱的好处

北京到南通的 Z51 次列车晚上 21 点 17 分发车,本来这趟车的票就不太好买,常出门的人都知道,自从有了动车和高铁,沿线夕发朝至的车次都一票难求。又赶上学生放假外加旅游旺季,原打算 1 号动身,买到的却是 8 号的票。好在只是出去玩儿,心态调整好了,其他一切都是次要的,多大的麻烦都可以克服。

但意想不到情况还是会随时发生,刚进车厢觉得非常闷热,问乘务员为什么不开空调。乘务员说挂上车头就凉快了,到时候空调就会自然启动。我听了有点儿紧张,原来我上了一列没头的火车。正要问乘务员火车什么时候挂车头,她却转眼不见了。去包厢放好背包,环顾四周,心里还在为车头忐忑,此时,一股凉风从我的上方掠过，接着火车就开了。乘务员果然说话算话。看时间还早，便来到了餐车。其实刚吃过晚饭没有多久，一点儿都不饿，只是为了换个宽敞些的空间。我从不掩饰我对餐车的喜爱，宽敞明亮，有吃有喝。当乘着凉风在车厢里穿梭时，我注意到摆放杂志的地方没有《旅伴》，只有一本《旅游服务手册》，直快跟高铁和动车的待遇从这儿就看出不一样了。

餐车的空调比其他车厢还要凉些，一个女孩儿身上披着一条毯子。几乎没人吃东西，大家坐在那儿大多都是为了补票。我跟乘务员要了两瓶喜力，她们说没有冰镇的。我让她们搁冰箱里镇一会儿，她们说冰箱是放菜用的。夏天天热，火车一跑就是几天，食物不放冰箱就会变质。话虽这么说，她们还是给我镇了几瓶，几瓶啤酒又能占多大地方呢？况且我很快就会把它们喝掉。

突然想起曾经有人用"况且"造句，说火车开了，呜——况且况且况。典型的蒸汽机时代的笑话。

没过一会儿车长过来了，我问他餐车营业到几点，平时在餐馆喝酒，我也会这么问。车长是个小伙子，名叫符翔，看上去也就30出头。他告诉我说餐车24小时营业，因为不知道什么时候乘客会吃东西。这个理由还真够特别的，让我有些小感动，借机又大喝了一口。跟车长聊过才知道，这是苏北至北京唯一一趟直达列车，全程1325公里，途径三省二市。三省是河北江苏和山东，二市是北京和天津，所以二市指的是直辖市。它的平均时速是130公里，快了能开到200公里。列车的速度跟地区有关，南通到徐州间是每小时100公里，上了京沪线就能开到150—160公里。车上有520张软铺和236张硬铺，一般都要提前一周订票。

符翔说这列车归上海铁路局南京客运段管辖，跑5天休3天。乘务员基本上都是南京人，大多都是从南京旅游学校和南京铁路运输学校出来的。南京到南通301公里，路上要耽搁一个白天，上了车还要连续工作4个晚上，所以很辛苦。至于符翔本人是个退伍军人，之前在福建厦门当兵。这趟车共有四个车长，大家轮流跑。

回到车厢，发现车厢上铺有一位年轻的父亲带着一个6岁的女儿，他们已经睡着了。我担心他们的铺在睡梦中坍塌，便临时换到边上的铺位。半夜三点车到徐州，外边下起雨，耳朵贴在床铺上，能感觉到列车徐徐进站，然后又冒雨前行。然后我的意识也连同洒满雨滴的车窗，一片模糊。

早上，我去餐车吃早点。早点有15元的套餐，包括咸菜，一个鸡蛋，半个咸鸭蛋，一个小馒头，一个素包子。我怕吃不完浪费了，就要了一碗榨菜肉丝面，外加一杯牛奶，肉丝面也是15元，配一小碟花生米和咸菜，牛奶是8元。我发觉面里的肉丝切得比较大，有些接近肉片，我还注意到邻桌一个戴着巨大金戒指穿网眼皮鞋的男人，吃掉了煮鸡蛋的蛋白，把蛋黄剩下了。不一会儿，车上的播音室开始播音。跟以往不同，这次播放的不是新闻，而是张柏芝的《不相爱的好处》。此时，列车已过淮安，将抵盐城，离终点站南通只剩两站之遥。

2. 余东镇

8月的余东镇，是天气最闷最热的时候，每天大汗淋漓，好像身上有排不完的毒。当时台风"梅花"刚过，本以为能凉快点儿。后来才知道，"梅花"对这里根本就没什么影响，只是带来一场小雨。但有关部门很紧张，发了预警，家家户户动员准备停水停电，老人们都拜佛烧香，结果却是虚惊一场。台风打过照面，便沿着海岸线，直奔青岛大连方向去了。

余东镇在明朝的时候叫凤城，小城唯一的十字路口也是交通枢纽，旁边的八角亭自然也就成了标志性建筑，它的顶端就是一只金光闪闪展翅欲飞的凤凰。以亭子为界，南边是新城，北边是老城。老城的街道上几乎看不到什么人，特别是年轻人，除了摩托外，偶尔能看到一两辆机动车。在马路中间并排行走，是我们在余东期间的一大享受，这很像美国西部片的情景。街道的两旁是铁匠铺、花圈店、香烛店和杂货铺。街上的餐馆很少，因为人们都习惯在家里吃饭。此情此景，真让人感觉到时光倒流。

但新城的主要干道就不同了，有药店、西点铺、照相馆、洗头房、水果摊和超市，但是没有肯德基和麦当劳。有人把有没有这两家快餐店当成衡量一个地方是否繁华的标志，还是有一定道理的。但是要按照五百年前余东镇曾经的繁华程度，相信这两家快餐店一定会在这里落户，然而，它们那时又在哪里呢？肯德基的祖先一定还没学会养鸡，麦当劳的祖先也一定不知道如何种麦子。都说好汉不提当年勇，换成一座城镇这话就得反着说，当年勇必须要提的，因为这些东西都是老祖宗留下来的。

出于好奇，我进了一家照相馆看了看，里头还是70年代的布置，但照相机已经换成数码的了。布景分手拉和电动的两种，画面大多是鲜花、动物、风景以及亭台楼阁，色彩艳俗得令人羡慕。

余东人很在乎古镇的形象，也意识到自身的价值，他们会告诉你余东镇过去有很多城楼，有很多座桥，有很多寺庙和商铺，有一棵大树几个人都抱不过来；他们还会告诉你央视10套的刚来这儿拍过片子。

史料上也是这样讲的，过去余东镇有城门有护城河，古街商铺林立，一派繁华。后来繁华不再，城墙和庙宇都被拆毁了，那些店铺也早已倒闭关张。但古街很多人家的房门永远是敞开的，往里张望，仍能看到硬木的雕花大床，宜兴出产的紫砂绿釉储水的大缸就摆放在墙角。至于古旧的桌案和椅子，更是百姓家的寻常之物。

余东镇不为大多数人所知，跟它的偏僻有很大关系。在南通如果要去余东，要乘坐大巴先到海门，然后再换乘汽车才能到达。自驾车或乘出租去余东，适合走经过正余的线路，不然就绕远了。余东的朋友特意嘱咐我，正是反正的正，余是多余的余。到了余东镇我才意识到，这种偏僻带来的交通不便，暂时让余东因祸得福。大量游客的到来，可能才是这个明清古城的最终末日。

突然想起来在南通下火车,我提出给车长拍张照片,车长没戴帽子,便临时借用一个女乘务员的,我才发现,乘务员的帽子原来是没有男女区别的。当然,这是闲话。

最令余东人自豪的是他们的古街,街上铺着厚重的石板。镇长告诉我,余东过去产盐,盐通过船运出去,回来的时候,就用这些石材压舱,免得船桅碰到桥拱,然后再用这些石材铺成石板路。石板路的地下是一条流动的地下水道,平时两侧居民们的生活废水,就顺着石板的缝隙泼在里头。

古街不长,1000米左右,花20分钟,就能从北头走到南头。南头城门一直还在,据说镇里正打算恢复,居民也自发捐款捐物。北头有座泰安桥,桥栏的柱子上有几对狮子,可惜狮子都不在了,据说是毁于战火,只剩下基座。相比之下,北京卢沟桥的狮子就幸运多了。泰安桥下是通吕运河,通是指通州,吕是指吕四,属江苏启东,是黄海边上的一个渔港,从某种意义上讲,也是余东的出海口。在余东期间,我专门去过一次,黄海一望无际,港内千帆竞发,可由此想象出余东镇当年的气魄。

到了余东镇,不能不去法光寺,它是一座集儒道佛为一体的寺庙。最早是座道观,里面至今还供奉着东岳大帝。他老人家留着大胡子,白眼多过黑眼,样子看上去有些吓人。仅靠里头的文昌阁应该属儒教,大殿内历年考上大学的都榜上有名,由此可以看到当地尊师重教的传统，要知道本来历史上余东镇出过不少秀才举人呢。庙里的大雄宝殿是明代建筑，藏经阁里藏有台湾一个基金会赠送的《大藏经》。中午，寺院请我们吃了素餐，印象最深的是一道素鱼，除了外观足以乱真，用筷子剥开还有刺有鱼籽。如此美味，加上僧众和善，山门清净，难免让人产生出家的念头。

3. 老程老姚和老梁

这次去余东镇，主要是为了找老梁。老梁名叫梁真，其实不老，虚岁才 50 岁不到。我们是在青岛认识的，随即成了朋友。到了余东镇以后，看到老梁在离他家不远的路口等我，边上还站着两个老人，他们正是老程和老姚。

老程今年 70 出头，中法混血，乍看长的很像霍普金斯，混熟了以后我管他叫霍普银斯。老程从小在上海长大，烧得一手很地道的本帮菜。老程的女儿也很漂亮，可惜结婚嫁人了，老程最爱把女儿拿给人看。老程还喜欢跟街上的人打招呼，老远就伸出手臂跟人家招手，我觉得他跟镇上所有的人都认识。老程见过大世面，年轻时西服革履，还当过上海某贸易公司的法人代表。他至今还保留着当年的委任状，不知是因为老程有法国血统，还是我一时眼花，我竟把法人代表看成了法国人代表。镇子很小，镇上的人基本晚上 9 点钟就上床了，可能是怕我寂寞，一天午饭过后，老程提出招待我洗脚，这也许是当地最隆重的待客之道了。

另外,最恐怖的是老程无处不在。无论你是逛街还是超市购物,还是去农贸市场,老程都会突然出现在你的面前。临走之前,老程请我吃饭,地点设在老梁家。那天下着大雨,我无意中看见老程和夫人端着饭菜,在古街的小巷里穿行。补充一句,老程的夫人是余东镇人,老程是倒插门到这里来的。在余东镇,老程的生活依然十分讲究,抽好烟(硬盒中华),但酒量不行,多好的酒就喝一口。他家里藏着一块上好的金华火腿,被我做菜时用了,也没看老程有多心疼。

老姚是余东本地人,家里以前做大买卖,尚存的恒泰绸布庄就是他家祖上经营的。老姚从小锦衣玉食,至今记得看过家里有过唐伯虎的字画。老姚住在老梁家对门,老梁对老姚极为信任,出远门都把家里的钥匙托老姚保管。老姚处事严谨,像老程一样,也做得一手好菜,就连面条也做得有滋有味,劲道十足。老姚平时生活规律,看上去保养得很好,面色潮红,完全不像他的年龄。他每天早晨4点多就起床,下午出去打牌,风雨无阻,4点半准时回家,然后吃完饭、洗澡,9点前上床睡觉。去老姚家参观过一次,屋里置满老家具,所有的东西都置放得井井有条。

到余东镇那天,是老姚准备的午饭,黄泥螺是当地的特产,还有炒青菜,青豆焖鸡块儿,红烧青鱼和丝瓜鸡蛋汤。酒喝的也是当地酿的米酒,另外还有金沙镇产的大富豪啤酒。老姚一个劲地说青鱼腌咸了,如果我能早到两小时,味道正好。

老梁爱说他是半个余东人，搞不清他的另一半在哪儿。他的爷爷是个老中医，已经去世了。老梁现在住的地方，就是爷爷住过的老宅子，当年行医用的药箱、脉诊以及坐过的椅子和睡过的老床都被老梁郑重地供奉着。比起老程和老姚，老梁的生活现代多了，虽然他讨厌电器不买冰箱，但他家里有电脑、空调和抽水马桶。老梁喜欢抽烟斗，听古典音乐，喝茶要用农夫山泉。老梁还在院子里养了一只羊，那羊很通人性，跟老梁尤好，喜欢依偎着老梁，俨然一只宠物。老梁的行为无疑是特立独行的，听说老梁给羊洗澡还给羊吃水果，镇子里的人都笑了。

余东镇有两口古井，一口在老梁家院子里，一口在老程家院子里。两口井都有年头，被当地有关部门列为文物。

一大早起来，老梁会带我到农贸市场边上一家早点铺吃面条，或者去古街巷的一家烧饼铺吃烧饼。烧饼铺既供应早点，又可以喝茶，另外还是棋牌室，是镇上老年人平时聚集和消遣的地方。老街上还有一家理发店和一家花圈店，理发店很小，里头的座椅旧得可以当古董。花圈店让我们这些初来乍到的人开始觉得别扭，久而久之就把生老病死当作人生的常态接受了。这里的老人们是余东镇的记忆，是余东镇的一部分。走在古街上，你不时可以遇到一两位老人用略带迟疑的目光打量着你，似乎你是从外星来的。但经过攀谈，你才知道眼前的这位老者也许是曾在国子监读书的贡生，也许是个梅派青衣，这些在余东镇都说不定。

在余东镇,晚上能听见蛙鸣,白天能听见各种鸟叫。想吃水果,前院有桃树,后院是葡萄园。桃子没人摘,掉到地上烂掉了。这样的日子过久了,真的会让人脱离现实。然而,眼前的一切不是现实,又该是什么呢?

在青岛

一大早被手机闹钟叫醒,睡意全无,其实闹钟是给头天早晨上的,想不到第二天早晨还响。经过简单的洗漱后下楼转悠,当时还不到6点,但天已经大亮,还下着小雨。我担心雨会下大,好在没几滴就停了。我打了一辆出租,跟司机说看附近有没有早点铺,司机说往前开有家肯德基。我说昨天早晨从北京出发时就吃的肯德基,最好吃点儿青岛小吃之类的。司机就把我拉到一家叫倩倩馄饨的地方,说是岛城十大名吃之一,然后就把车开走了。我一看小店里面是黑的,一个正在扫地的伙计说他们九点半才开门,我一想九点半是早点吗?那不成了早茶了。于是只好在附近找了家类似排档的地方,吃了三个肉包子,喝了一碗豆浆。然后打辆车,去了五四广场。青岛出租车不贵,7块钱起步,加1块钱燃油费,8块钱就到了。

五四广场紧挨着海边,能看到岛礁上的灯塔和奥运的五环标志,让我想起2008年奥运会青岛承办了几项水上运动。有两个打扮成兔子和老虎的人跟游客照相，我用手机拍了一张兔子，发到我的微博上，然后整整一上午就在昌乐路文化街闲逛。

中午去酒店退房，结账时发现牙刷钱被从押金里扣掉了。牙刷完全是一次性的，把很细，稍使劲就会断在嘴里。另外，就是这家酒店的装修也很怪，一整面镜子镶在天花板上，想看自己什么模样必须躺在床上。联想到这是一家创意酒店，我突然明白，原来好的东西永远是不需要创意的，只有烂东西才在创意上做文章。听从出租司机的建议，我在肥城路的天成宾馆定了间客房。肥城路是青岛的一条老街，出了门就能看到天主教堂，而且挨着火车站。临走那天早上才意识到这实在是个正确的决定，因为一睁眼发现离开车只有45分钟。要是住在别的地方，很可能把火车误了。因为喝酒，忘了给手机上闹钟，也忘了提醒让服务员叫早。

出了宾馆，这才觉得饿了，于是进了街边一家小店，点了一碗米饭和一份秘制排骨。老板说排骨要等一刻钟，看对面有家卖火车票的，我就过去打听情况。听说去北京的火车票很紧张，他们还有一张第二天上午十一点的，冲动之下，我就把这张票买了下来。

我沿着坡路来到教堂，看到四周有五六对年轻人在拍婚纱照，也算是教堂婚礼吧。之后我叫了辆出租去总督府，在二层的商品部买了听冰镇的崂山矿泉水和一本卫礼贤的《青岛的故人们》。我想，如果我在青岛住上若干年的话，也会写出一本这样的书吗？对我来说青岛是个适中的城市，既不假装充满生机与活力，也不背任何历史包袱，尽管它后来的设计者有轻微的强迫症，把所有屋顶都弄成红色。为了印证这个推论，从总督府出来，我还专门去栈桥站了一会儿，尽量体会康有为对青岛青山绿树碧海蓝天的著名评价。据说，这个可怜的维新者，在青岛赴了一顿宴席喝完一杯果汁后，就莫名其妙地死了。

下午联络上梁真，约好一起吃晚饭。没过一会儿，他发来一条信息，六点半去延安一路的美达尔饭庄，它在老青岛啤酒厂的边上，是吃海鲜喝啤酒的最佳去处。我不知道就在下午五点半的时候，梁真还在回青岛的路上，真是辛苦他了。

赴局之前，看还有富余时间，我去火车站把车票又延迟一天，顺便多花50块钱，把二等座换成一等座。因为我担心他们把那些买站票的乘客全安排在二等车厢。

提前十分钟到了美达尔，梁真他们还没到，看到外面右手靠里有一张巨大的圆桌，一问服务员，果然是梁老师订的。我就先找张椅子坐下了。没过一会儿，梁真就来了。看到就我一个人，他显得有些惊讶。我说还有一个人叫李岩，在威海教书。他现在在路上，一会儿把行李扔到前台，就直奔餐馆。话虽这么说，等李岩真到的时候，我们每人已经喝了四扎了。

在梁真之后，先是宝山来了，我们之前在北京一起喝过酒，大概应该是在艾丹的局上。总之，两人见面时很可能都不太清醒。后来建国来了。我们不认识，梁真给我们做了介绍。但很快我们又不认识了，因为全糊涂了,第二天梁真说建国是在另一个地方喝了将近一斤白酒后过来的。在座的好像还有两位女士。大家都干了无数扎鲜啤,说了一些酒话,诸如喝啤酒吃海鲜会不会痛风之类的,再后来就断片儿了。后来听说我们又去了八大关一带的一家酒吧,据说是要在八大关打通关,但没等开打就全折在那儿了。

醒来第二天早上,一睁眼恍惚。看周围的环境,才知道今宵酒醒何处。李岩拿出一罐茶送给我,他说茶是他爸送给他的,应该不错。于是,我们取出两袋烧水沏上,喝了一口果然上佳。我一时兴奋,拿出在文化市场买的一件蝉身人面玉佩给李岩看,那是古人辟邪用的。此外,还有一件瓷器大象,大象的腿上还有一个小人。李岩知道这小人叫昆仑奴,他们一般被认为是唐代的矮种黑人,大都是上身赤裸斜披帛带,横幅绕腰或穿着短裤,手里拿着一根小棍,非常善于驯养大象。有趣的是,他们都会出现在象的左前腿上。李岩说他在他老家连云港就见过一尊类似的雕塑。

说起头天晚上的酒局,李岩说基本上还算正常,可我的眼镜好像少了一个镜片。我一检查,果然左边的镜片没了。奇怪,难道是喝嗨了取下来一片送人了,过去没这毛病呀。眼镜片又不是名片,咋能随便乱送呢。看来只能找眼镜店临时再配一片了。唉,这天过的。

看时间还早,李岩提议先去吃早点。我心烦意乱,居然把倩倩馄饨给忘了。却注意到李岩仍然穿着头天那件大襟上印着"回避"二字的衣服。

早点是在宾馆下面一处半露天的小铺吃的，过堂风很凉，后悔没穿外套。我吃了一个卤蛋，喝了几口豆浆和豆腐脑，李岩吃了一个卤蛋两根油条。吃完我说再歇一会儿，刚上楼接到梁真电话，约我们去一家酒店一起吃早点，我说我们刚刚吃过。当时觉得满脑袋都是雾，我就又回到床上睡了。李岩说他先到街上找眼镜店，没过一会儿也回来睡了。醒来一看已经快一点了，手机有四个未接电话，全是梁真打来的。他说这就来宾馆接我们一起去吃午饭，我觉得实在太麻烦他了，本想白天四处瞎转一圈，晚上再在一起聚一下就行了。

因为晚上又要接着喝，午饭就没喝酒，其实想喝也喝不动了。梁真看来对这家餐馆的菜肴很熟，上来就点了肉丝炒豇豆、烧带鱼、白菜炒鸡蛋、墨鱼仔炖豆腐。味道相当不错，照理说酒后第二天午饭，任何东西都吃不下，可那一桌菜最后居然吃得没怎么剩。眼睛不好，就会影响脑子，我不慎把饭吃到脸上，却没有觉察。我跟梁真说，从来没有喝啤酒喝到失忆过，把眼镜喝丢喝坏，至少是十多年前才会发生的事情。梁真说，头天晚上除宝山外，其他人都唱大了。酒的总量也破了纪录，光黑啤我一人就喝了七八扎，它的度数比一般的啤酒要高出许多，否则也不至于喝成这种后果。

吃完午饭，基本上算是缓过来了。走在街上，心情由沮丧变得舒畅，加上阳光又格外的好。我们找了一家眼镜店配了那个镜片。先是验光又量瞳距，女店员劝我把两个镜片都配了，但我认为配一片才有纪念意义。梁真在一旁说，对，一片原配一片后配，原配不能丢。听起来真是意味深长。镜片要等二十多分钟才能磨好,我们便又去了教堂。教堂边上有家咖啡馆,原来应该是教堂的附属建筑,梁真带我们进去小坐。咖啡馆里有几幅油画,可能是没戴眼镜的关系,我没发现里面有小柳画的。小柳是狗子老婆,去年来青岛搞过创作。

取完眼镜,我们去了宝山家。进门时他正在请客,长桌上摆着一大堆吃的。他家是个德式建筑,在半山腰,能看到栈桥和小青岛。屋里院子里摆放着很多尊佛像,它们大多残缺不全。我跟宝山说,这屋子用来放置一些古董,喝茶聊天还是蛮合适的。宝山表示认同。院子里有棵梨树,梁真爬上去摘了两个很绿的小梨,我尝了一个,味道像是野生的。另外还有一棵无花果树,发现无花果这种水果很难保存,它们不等采摘,直接烂在树上,难怪之前吃的都是放干巴的。宝山说艾丹、狗子他们之前都来他家喝过大酒,而且全喝醉了。听得我肝颤,就抿了一小口红酒。在宝山家还见到了宝山的父亲和妹妹,还有两位很安静的女士。我听到李岩跟她们谈了半天婚姻与家庭,还表演了如何在水中剥石榴。

晚饭建国做东,地点是正阳关路10号万鑫餐厅。他们说这是青岛最讲究的家常菜馆,大虾白菜和肉末海参比较有名。从宝山家出发之前,我打电话叫上了段肥猪,十一那天我就是坐他的车来的青岛,因为堵车,路上走了十二个小时。餐厅没有鲜啤,建国还特意从外面叫来了一大桶,大约合40升,没一会儿就喝完了,所以又要了几个瓶啤。

吃完饭其他人都走了,我、梁真、建国和李岩又换了个地方。那家餐馆不大，但是通宵的，梁真说艾丹上次来就到这儿喝过夜酒，我便打了个电话给艾丹。跟大多数夜晚不一样，此时的艾丹，居然正老老实实在家里待着。梁真跟他电话里没聊几句就挂了，喝酒的人不喝的时候精神永远是萎靡的。

  接下来就是前面说的险些误了火车那个话茬儿。清早我从昏睡中醒来，一看时间已经七点一刻了，而火车是八点的。我迅速洗漱，穿好衣服夺身出门，匆忙中把手机充电器落下了。到了火车站已开始检票。最富戏剧性的一幕发生在最后一刻，排在我前面的妇女抱着一个两岁大的男孩，他不停把手做成手枪状冲我比画，似乎要把我就地正法，这让我着实有些撮火儿。借着头天晚上的酒劲儿，我决定给他上人生的重要一课，于是趁人不备用手指猛弹他脑门一下。也许是用力过大，足足过了半分钟，他才开始号啕大哭。周围的人，连同那孩子的母亲，都不知道半分钟前究竟发生了什么。

在景州

火车于 11 点 26 分到了德州，出了车站，看到阿坚、周军和马力在出站口接我。周军接过旅行包，放到马力的车上，阿坚把手里一瓶绿茶递给我喝。之前我跟周军和马力并不认识，半个月前，周军来过北京一次，有一天中午，他和小招、阿坚他们在克里木喝酒招我过去，我不习惯中午就醉醺醺的，就待家里没动。马力曾经开过四五家饭馆，都倒闭了，现在又琢磨在景州卖烧鹅。过去周军在银行看金库，平时喜欢弹吉他，晚上下班后就在马力的餐馆弹唱。但这家伙的脾气很大，有一次把客人的桌子掀了。马力大怒，呲了周军几句。周军咽不下这口气，第二天掖着银行配的手枪到餐馆找马力算账，马力不在，周军就在餐馆里等他。也许是掖的太靠下，手枪从裤腿里掉出来了。这一幕被餐馆的厨师看到，惊呼唉呀妈呀，这要是挨一枪，以后吃什么都不香了。景州（或者叫景县）离德州有二十多公里，这些都是他们在车上说的。车还没开出德州的时候，我提议买一只德州扒鸡，周军就下车在路边小店花了二十多块钱买了一只。因为德州的扒鸡店实在太多了，让人无从选择。

　　车到景州地界，就等于到了河北，一路旁都是庄稼地，路边也都晒着玉米，有玉米粒，也有玉米棒子。周军介绍说经常有人在夜间喝多了，骑着摩托摔在玉米上面。我想起小时候我们管玉米都叫老玉米，是不是因为看它们都长着胡子？

　　德州与景州之间相距不到 30 公里，经过大约半小时的车程，我们到了酒店。我们待在车里，周军把我的行李拿到房间，顺便把阿坚的儿子东宝叫下来，大家一起吃午饭。

　　午饭定在一家叫重庆涮肉的餐馆，那儿羊肉片切得挺厚，不是一片一片地涮，而是一盘肉一股脑全倒进去，叫人看了有些不适应，但周军说我们这儿就是这种吃法儿。午饭期间，不断有人来，不断地上酒。周军喝高了，开始拿大顶。阿坚说他上次来北京，喝大后坐火车，就在北京站拿大顶来着，警察过来警告他如果再不好好站着就要抓他。

　　吃过午饭已经下午三点多钟了，我们一大堆人便去看景州古塔。阿坚对这个塔评价很高，说光这个塔，就值得来一趟。景州塔原名"释迦文舍利宝塔"，十三层，据考是北魏年间建的，与沧州铁狮子、赵州大石桥、正定县隆兴寺大铜菩萨齐名，并称为河北四宝。我关心的是塔下有没有地宫，周军说好像没有。我觉得其实不可能没有，只不过他们不知道罢了。

周军的哥哥在当地文管所工作,特意过来接我们。我们在塔底下照相,又在边上的庙里写了写书法。他们问我去不去塔上看看,这在当地被视为一种待遇,平时只有领导和专家来了才开放。我说不用了,在外面看一眼就行了。前几天阿坚他们来这儿,碰到几个游客想上塔,周军他们就放这几人上去了,不过,收了他们每人20块钱作为门票。

参观完,周军的哥哥还送了我一本书,书名叫《景州文选》,收的全是当地历朝历代的名人,包括董仲舒、高适等对景州的记述。

我问下一步去哪儿,周军说当然接着喝了。但我坚持回酒店歇了一个多钟头,最后还是硬被他们从床上拉了起来。

我们在一家餐馆坐定,周军拿来一把吉他(还好,腰里没别手枪),大家开始唱歌。在这种氛围里,坐在一群孩子中间,我又兴奋又伤感,以致萌生了出家的念头。

就这样闹哄哄吃到半夜,好容易吃饱喝足了,周军又要转场。我们又去一家夜店吃驴肉卷饼,就着小咸菜喝玉米粥。阿坚喝大了,跟邻桌三个黑社会的人掰腕子。那些人没太计较,出门时还冲周军点头。

驴肉馆边上有个捏脚的地方,我跟他们说我要去捏捏。这几天玩得很尽兴,酒也喝得很辛苦,本来可以直接回北京,偏偏半路下车,车票作废了不说,又要雪上加霜接茬儿再喝。但这又怪谁呢?后来捏着捏着我就睡着了,是周军把我叫醒的。

第二天一早,我就醒了。我把阿坚叫起来一起去吃早饭。楼下电梯口正好遇到周军,当时他正准备上楼找我们。我们在一家早点铺喝羊汤，没过一会儿马力也来了，他说他只是路过，一会儿还得加班，就不去送我们了。

喝完羊汤，我们回酒店拿上行李，直奔德州，途中看到小镇上有集市。到了德州火车站，周军还要继续喝酒，直到把我们送上火车。阿坚劝他回去，我站在一旁什么都不想说，而且也不知该说些什么。后来周军就坐送我们的那辆车回去了。

我们先存好行李，又买了三张票，下午一点钟从济南到北京的，都有座，心里踏实了许多，本以为会赶上返程高峰。之前阿坚本来打算带东宝坐长途大巴回北京的。

我们决定先逛火车站旁边的文物市场，然后吃午饭。文物市场里很多店铺都关着，听说这里周四集市才很热闹，有很多摆摊儿的。我进了一家店铺，扫了一眼没看见什么东西。正准备离开时，突然发现床底下有一块石头，拿出来一看，是个道士石首，风格十分古朴，年代应该是明以前的，于是就买下来了。这儿的店铺很有意思，除了卖货，店主的吃喝拉撒全在里头。有好几家已经支上桌子，开始吃饭了。

我们在附近找了家餐馆，阿坚点了一盘饺子，一个烧茄子，还要了碗榨菜肉丝面和一瓶啤酒。我什么都吃不下，就要了一瓶可乐。菜馆没有冰镇的，老板娘从外面换了一瓶。想不到我可乐也喝不下，就带着东宝接着在附近逛。再回到餐馆，阿坚酒足饭饱，已经开始抽烟了。阿坚拿出一包红茶给我沏上，说福建的朋友还非送给狗子，狗子又转赠给他的。问完我这次去青岛的情况后，阿坚又点上一支烟，总结说这次国庆长假,除了小招外,北京基本上就没人了,我去了青岛,他这几天在景州,高大湿在西藏,狗子在南京,立峰在赤峰,等等。嗯,这就是阿坚,只要周围的酒友不在,北京再怎么人多,也是一座空城。

我跟阿坚说你在景州待这么多天,估计把人家祸害得不轻。阿坚没有吭声,甚至没有表情。

再后来看时间差不多了,我们就上了火车。火车出站一刻钟左右,确保我们已经踏上了回家的路途,阿坚说咱们给周军发条信息吧,于是就口述给东宝,说我们已上车,多谢接待之类的。没过多久,周军的信息就回过来了,短短四个字:一路顺风。

宿州

1

年底在北京待不住，决定去外走走，顺便见见上海和杭州的朋友，于是就选了京沪高铁最中间的一站宿州。宿州位于安徽最北部，与很多市县接壤，自古就是舟车会聚、九州通衢之地，找这么一个地方碰面，真是再合适不过。既然是按高铁路线选择地点，交通工具也应该是高铁。

买了两张当天的 G149 的票，就赶紧给阿坚打电话。这趟车由北京南开往上海虹桥，在苏州停靠。15:30 开车，我们约好下午 3 点在南站碰头，但阿坚三点一刻才到。我们是最后一节车厢，在站台走了很久。刚刚坐定，火车就启动了。我一看时间，居然比正常发车时间提前了两分钟，我心中一惊，以为高铁又出了毛病，但提前总比推迟强。车上不能抽烟，阿坚只好喝酒。开车前他在站台买了四听雪花。

车开得飞快（最快每小时 308 公里），车上的时间就显得不那么难熬。我们这节车厢的乘务员是一个来自淮安的姑娘，她生得眉清目秀，服务也很周到，只是臀部有些大，弯腰时露出红色的秋裤。

到宿州前，火车在德州东、济南西、泰安三站都停。每到一站，阿坚都要到站台抽烟。因为时间很短，还不够吸鼻烟的，阿坚抽几口后就得把烟掐了，回到车厢。

出了济南西，天色便开始渐暗，列车也开始供应盒饭。我想到这天正是冬至，一年中最漫长的夜晚就这么开始了。到了泰安，车厢里空了一多半，看来大多乘客都是短途。这时，车厢里开始变得冷飕飕的，好在 18:35 准时到了宿州东站。列车路上走了 3 小时零 5 分钟，路上查了两次身份证，乘警看上去跟阿坚差不多大，说话也近似阿坚的风格。他一进车厢就宣布，40 后、50 后的不用查，我和阿坚就这样免检了。阿坚奇怪的同时也有些失落，他搞不懂为什么会有这样的规定，难道 40 后、50 后就没有犯罪能力了？

宿州东站在荒郊野外，十分冷清，出了站还以为到了村子，一打听离城里还有五六十公里，高铁在这里似乎没有起到它的作用，带来所谓的繁华。但如果没有高铁，我们又怎会到这种地方呢。停在出站口的黑车一开口就要 100 块钱，阿坚建议我们去乘坐公共汽车。黑车司机一路跟着我们砍价，看我们真的上了公共汽车，那些黑车司机都快哭了，他们把价钱从 100 元最终降到了 40 元，条件是不走高速。

黑车司机挺健谈，他说主要是顺路，要不然不会要这么少。看阿坚抽烟，他让阿坚给他一支，因为他很想知道北京人抽什么烟。阿坚告诉他这烟是黄果树，不贵，他听了后就没吭声。快进城时，我问他宿州有什么好吃好玩儿的，他想了半天，说好吃的也就是野鸡野兔，好玩的基本上没有。

在酒店办好入住手续，我和阿坚出去吃晚饭。听说我们要吃野鸡，出租司机把我们带到一家无名饭店餐馆，据说他们小鸡贴饼做得很有名。进了餐馆发现没有暖气，服务员说吃一会儿就暖了。但这一会儿一等就是20多分钟，因为小鸡贴饼这道菜必须现做。鸡的味道不错，尽管料用得很重。饼是死面的，一看最初就是给那些干重体力活儿的人吃的，有点儿类似北京的卤煮火烧。阿坚要了几瓶啤酒，看是青岛，我问服务员有没有当地产的，服务员说这就是当地产的。我一时发懵，阿坚在一旁解释，说服务员的意思是啤酒是当地产的，不过贴的是青岛啤酒的牌子。

又问服务员，小鸡贴饼的鸡有什么特点，她说必须是黑爪子。不过，给我们炖的这只不是野生的，野生的太贵，一般客人都不会点。小丫头还挺诚实，之前我还对这鸡有过非分之想。所以，每到一个新的地方，我都要告诫自己要多听多看，妄下结论十分要不得。比如从进门坐下就听到老有人说你好，我就想宿州的服务员不但有礼貌，普通话也说得纯正。再一看说话的是笼子里的一只鹩哥。原来这家餐馆的老板喜欢养鸟，门口摆着一排用布套罩住的鸟笼子，里面的鸟估计会说小语种的都有。

已近吃饱了，这才想起冬至要吃饺子。

结账，出门。截了辆出租，让他带我们去吃饺子。司机说当地有一家叫共春园的饺子铺，但这个点恐怕关门了。到了地方，店里果然黑着灯。我们只好去了一家街边小摊。小摊虽然用尼龙布围着，但仍然抵不住阵阵寒风，南方的冬天果然冷得很不舒服。我们点了饺子和啤酒，饺子论碗，我们要了韭菜和猪肉馅的两种，等端上来才发现当地的饺子很有特色，大小不均不说，皮也有薄有厚，而且也是半发面的。但饺子的味道尚可，只是调料有些辣。吃到半截，看到一位留着白胡子的老者过来乞食，我便把多半碗饺子和啤酒端到他的桌上，他只是看了我一眼，然后就默默地有尊严地吃着，我跟阿坚便结账走了。

在寒风中打到一辆出租回酒店，车没走50米就停下来了。以为车坏了，再看果然到了地方。早知道地摊离我们住的地方如此之近，即便天气再冷，我们也会坚持走回去的。宿州出租车起步价是4块钱，超过2公里每公里蹦一毛。

回到房间，觉得自己要感冒，便赶紧上床。阿坚则很有步骤地抽烟，喝茶，刷牙，洗澡，写笔记，然后从容地又燃上一支。阿坚烟抽得实在太勤了，黑暗中我又听到打火机"啪"的一声，接着就在烟雾缭绕中进入梦乡。

2

酒店临街。天不亮就听到鸡叫,还能听到儿童的喧哗,原来不远处有一所学校。

吃过早饭跟阿坚出去转悠,天时阴时晴,还刮着风。

阿坚打听到附近有座地藏庙,离住处不远,走几步就到。当地人说本来还有座城隍庙,后来拆了。那个地藏庙不大,连半亩地都不到,就一个正殿和一个很窄小的空场,殿内里头有几尊彩绘泥塑,空场有几个老年妇人围着香炉一边转圈一边唱经。乍看这庙有些年头,进门两侧竖着两块石碑,上面的字全被凿掉了,阿坚从依稀的凿痕中辨别出光绪年仨字的笔画。出了庙往前走,可以看到粉刷成白色的外墙上写着"凡出资印赠贩卖传播《玉历宝钞》者辈辈平安辈辈出贵人"几个大字。

趁着天好,我和阿坚一路走一路打听,寻找传说中的北城墙,它是这座古城唯一的遗存。但当我们沿着护城河一路来到古城墙下,我真是不敢相信自己的眼睛,它只有短短的一段,城墙上已不见城楼,各种城砖里夹杂着石头,而且用水泥东抹西补。我头一次看到这么糟糕的古城墙,以致让我完全没兴趣去了解它的历史,这样的古迹不保护也罢。倒是城墙上的一块告示牌引人注目,上面写着"年久失修,请勿靠近"。据说城墙几年前部分倒塌,砸死几个纳凉的老头。

接着打车去宿州博物馆,问出租司机漕运码头在哪儿,他的反应很麻木，基本上是一问三不知。或许他心里在想，你们去博物馆，问别的地方干嘛。博物馆里基本上没什么人，展品也比较普通，跟想象中的不太一样。

出门在外一大乐趣就是逛当地的文物市场，但宿州的文物市场可以说几乎没有文物。倒是雪枫公园边上有几家古玩店，还有一些坛坛罐罐，它们大多是从汴河漕运处挖出来的。多数店铺主要卖灵璧石。那些石头奇形怪状，很难判定真伪，据说灵璧石一共有500多种，把它们都搞明白能把人累死。但有一样可以确定，就是年代越久窟窿越多越值钱。

走在大街上，发现宿州的特色就是鸡多，跟鸡有关的店面各种招牌都有，什么地锅鸡、碳锅鸡、酸菜鸡、小鸡一锅端、大盘辣子鸡、刘老二烧鸡、福佳老味烧鸡、王继奎烧鸡、王老汉烧鸡公（我一直搞不懂鸡公是什么意思），以及光仔鸡窝等。原先只知道符离鸡有名，想不到有这么多名堂。不论如何，宿州的鸡店确实令人印象深刻，这一圈要吃下来，估计比黄鼠狼一辈子吃的鸡都多。

因为头天吃过了鸡，我和阿坚决定午饭吃点儿别的。突然想起听陈斌说过有家全羊宴不错，就给陈斌发了条信息，询问它的具体位置。陈斌之前来过宿州，这次来宿州也是他力主的，结果临出发他却说自己没时间了。没过多久收到陈斌的短信，说那家餐馆就在宿州女子监狱附近的一条小巷对面。等找到宿州女子监狱，我和阿坚已是饥肠辘辘。正巧监狱正对门有家监狱食堂，阿坚说就在这儿吃吧。

虽说是食堂，但菜不便宜，一份鸭汤就要 50 元，所有的菜全都写在一块小黑板上。我们点了木须肉和熘肝尖两道菜，主食只剩下馒头，而且不供应啤酒，阿坚就去外面的小铺买了两听。我们边上有几个女狱警围在一起吃饭，她们看上去也就二十出头，可能刚从警校毕业不久，在一起有说有笑。阿坚管她们叫七朵（还是六朵？）警花，当然是小声跟我说的。他还嘱咐我不能跟警察瞎搭腔，要不然抓起来跟那些女犯人关在一起就麻烦了，那些女犯人大多是吸毒和组织卖淫的。但我还是打听到，虽然叫宿州女子监狱，其实是安徽女子监狱，就是说全省的女犯人都有可能关在这儿。监狱里还有家服装厂（好像是跟美国合资的），专门生产警察制服。

从女子监狱职工食堂出来，穿过一条马路，终于在一条街巷的深处找到陈斌说的南乡全羊馆。门口招牌上赫然写着活羊现杀，一羊十吃。我跟阿坚进去打听了一下特色菜和营业时间之类的，以便等荣岩他们到了后在这儿吃晚饭。坐定后，我和阿坚要了碗羊汤。羊汤很寡，像是用水兑过，跟传说中的有些出入。但里面给的羊肉却很多，吃着也很鲜嫩，被我们全捞着吃了。当时营业时间已过，但仍然不断有人来用餐或者订位。老板娘和几个员工在包羊肉馅的饺子。本想跟她们打听一下一羊十吃都是哪十吃，但这事想着就残忍，话到了嘴边又收住了。

一上午行程太满，加上天冷，喝完羊汤，我提出回酒店休息。

傍晚大队人马到了，他们是杭州的阿拉丁、石磊和叨叨；上海的荣岩外加一个他的学生（那学生个子很高，看上去有些腼腆）。这件事说起来有些烦琐，阿拉丁、石磊和叨叨先要在杭州聚齐，然后去上海跟荣岩会合，大家再从上海到宿州。出发之前，我和阿坚本来说要去接站，但到了宿州我们又改变了主意，从宿州东到进城这段路，走得比在火车上还辛苦。但我们还是给他们订了房间，并关照服务员把大厅的吊灯开开，以示隆重。事实证明我和阿坚是正确的，荣岩他们下午四点多到的宿州东，可他们一行到酒店时，已经快到七点钟了。这期间阿坚说是不是给他们打一个电话，我说出了情况他们自然会跟咱们联系的。果然又过了很久，他们出现了。

办好手续放了行李，我们打了两辆出租去南乡全羊馆吃晚饭。听说当场活杀，谁也不敢做这个主。关键一只羊最少有40斤重，吃不完就糟践了。于是，便点了些诸如羊排、羊眼、羊杂之类现成的菜，最后还吃了盘羊肉馅的饺子。酒就不必说了，四瓶古井贡外加无数啤酒，饺子上来时我和荣岩已喝得不省人事，出餐馆时我还摔了俩跟头。当然，这些事我都记不住了，都是后来听他们讲的。

3

第三天，起床后挨个给大家打电话，叫大家下楼吃早餐，结果其他人都说他们要接着睡，只有荣岩下来了。在酒店餐厅吃过早餐，我和阿坚带着荣岩把头天的行程又复制了一遍，地藏庙、北城墙、博物馆、古玩市场。在地藏庙门口，荣岩不肯进，也许是亏心事做太多了，怕阎王把他抓了去（这是玩笑，此说无凭无据）。但他发现写着字的那堵粉墙边的瓦砾里有一件残破的石头香炉，香炉近两尺高，看纹饰和造型应该够明。我看着喜欢，想把他带回北京，阿坚阻止我说地藏的东西你也敢拿，我觉得也对，只好忍痛割爱。到了北城墙，荣岩的态度比我还恶劣，说这东西看都不要看。但是在博物馆，看到那么多瓷器，而且序列清楚，基本上是按朝代排下来的，荣岩觉得这一趟还是不虚此行，尽管有两个展厅停电，项羽和虞姬的蜡像在黑暗中显得鬼气森森。有了头一天的探路经历，文物市场不过是个过场，荣岩尤其对灵璧石表示了他的怀疑。他的观点是灵璧无石，现在市面上摆着的那些，基本上都是从云南贵州运来的（此外，荣岩还知道符离烧鸡的制作方法，基本上是先用油煎一下，然后再卤，跟全世界的烧鸡的制作方法基本一致）。

我也有新的发现。在一个桥头，我注意到远处一面白墙上写着"不吃牛狗鳖蛇龟肉；人肉，内脏胎盘！"字体跟地藏庙外墙的一样，明显出自一人之手。在其他城市，看不到这么激烈这么极端的文字。

我们在文物市场边上的一家徽菜馆吃午饭，坐定后给大家打电话。那些人陆续都来了，最先到的是阿拉丁，我费了半天给他指路。但是他仍然一肚子怨气，说我们很像在美国，有中央广场站，酒店门口飘着星条旗。我点了菱角炒牛柳、臭桂鱼、干锅鱼籽和鱼杂几道菜，看大家都爱吃鱼籽，也不知谁说了句爱吃鱼籽的人性欲都很强。臭桂鱼是这间店的招牌菜，我要的那条将近三斤，肉质也嫩，但我受不了臭味，所以没动筷子。

说起头天晚上，石磊说阿拉丁吃完全羊宴回到酒店后，在叨叨房间外一直表白一个小时，但叨叨的房门一直紧锁，叨叨说她洗澡来着，根本没听见。来宿州之前叨叨和阿拉丁、石磊他们并不认识，是我让他们彼此联系的。有件事比较奇怪，北京到杭州的高铁在宿州有一站，同一趟车，从杭州返回北京就不在宿州停。最冤的是叨叨，我约叨叨出来玩，她糊里糊涂就答应了，等到了宿州，才发现此宿州非彼苏州。原来她以为我们是要去苏州呢。

吃到下午3点，看太阳偏西，再吃下去就跟晚饭连起来了。大家临时起意去涉故台，据说是陈胜吴广起义的地方。阿坚说先回酒店拉屎，阿拉丁和石磊便陪他先回酒店，谁知阿坚一头钻进卫生间不出来了。

怕阿拉丁和石磊的车落下太远，我、荣岩、荣岩的学生和叨叨的车便停在一个加油站边上等。这时，从远处开来一辆奇怪的环保车，一辆小卡车后面拖着一个巨大的金属圆盘，圆盘上插着十来把扫帚不停旋转，这真是少有的奇观。

涉故台位于宿州墉桥区西寺坡镇，由于路途遥远加上司机不认路，到了后天色已晚。据说那地方本来有座庙，现在庙不见了，只剩下一棵枯树和一口枯井。可能因为时间太晚，门卫没让我们购买门票。实在没什么可看的，我们几个人只好在这千年土堆上来回乱转，直到夜幕四合，远处田地里的勘探钻井亮起灯盏，仿佛再现当年的篝火狐鸣。

抓紧时间打道回城，阿坚已提前找好了一家吃地锅鸡的餐馆。进门的时候看到一只大公鸡正在过称，翅膀都耷拉下来了，整个身体都在发抖,据说是我们这桌的客人点的。头天晚上大家还不想看宰羊,难道刚刚过了一天人就变了,唉。这天是圣诞夜,加上身在异地他乡,我们有理由狂欢。

4

第四天早晨起来,发现桌上摆着一个苹果和一个橙子,用玻璃纸仔细地包装着,显然是酒店给客人准备的圣诞礼物。由于连续喝大,嘴里胃里难受,就把橙子吃了。这时,接到荣岩电话,说他正在酒店餐厅吃早点,可我只想吃面条。昨天夜里吃完地锅鸡,就想吃面条来着,但到了地方面条摊已经收了。酒店对面巷子里有家小刀面馆,我和阿坚一人要了碗牛肉面。想到自这趟出门一路状况频出,很像日本400年前一个名叫十返舍一九的作家写的一本《东海道徒步旅行记》,把主人公一路发生的故事跟当地风俗、奇闻、方言、笑话以及狂歌川柳结合起来,读起来真是妙趣横生,可惜中国人还没有这么写游记的。

吃完面出面馆,正赶上荣岩吃完早餐来找我们,我们觉得宿州没什么可看的了,要么去看黄河故道,要么去看一下垓下决战古战场,要么去萧县看窑址,再不然就去老庄论道的地方,似乎每个地儿都应该去,但每个地儿又都没把握,不值得专门去跑一趟。我们最后决定去灵璧看摩崖石窟。

把其余的人叫起来退房,办手续时,服务员说两张房卡丢了,很可能他们来的当天喝大后弄丢的。最后石磊交了100块钱,那个服务员才让我们上路。

荣岩气愤不已,一路大骂此地穷乡僻壤,民风刁顽,出刘邦这样的人再正常不过。他说现在的人还不如过去,他们活着仅仅是为了活着。荣岩的老家徐州离这儿不远,所以他认为自己有资格这么评价,他说他就是为了要摆脱这样的生活环境才选择去别的地方。说到喝酒,荣岩说宿州这地方比我酒量大的人多得是,而且都是喝当地产的烈酒,经常出现这样的事,有人喝完酒回家睡觉就死在床上,老婆半夜起来撒尿一摸,老公的身体已变得冰凉。

一路找不着去灵璧的出租,我们便去长途车站乘坐大巴。跟所有的长途大巴一样,路上不设站牌,人们可以随意上下,很多乘客似乎都认识,见了彼此打招呼。长途车从宿州到灵璧大约60公里,大概要用一个小时左右,车上的闭路电视一路放着《变形金刚2》,所以并不觉得旅途烦闷,反而担心我们的车开着开着就会突然变成一个钢铁怪兽。

终于在下午一点钟到了灵璧,大家决定先随便吃顿午饭,然后直接去摩崖石窟,因为荣岩和叨叨都说晚上要走,而摩崖石窟离灵璧还有二三十里的路程。我们在街边寻找餐馆,经过一座桥时,看到很多算命的老先生,跟其他城市算命的不一样,他们并不强拉路人,而是坐在那儿静静地等待着生意上门。桥下河水泛着绿色,发出阵阵腐臭。

在一家餐馆的包间坐下,点好菜,阿坚要了几瓶啤酒跟荣岩的学生先喝起来。其他人一直在为去还是不去看石窟纠结。石磊要喝黄酒,店里没有，石磊就出去买酒。过了一会儿他回来了，除了带回几坛黄酒，也带来了关于石窟的大致情况。原来趁刚才买酒的工夫，石磊在一家网吧上了上网。他说石窟是宋代的，而且佛头基本被盗，不是特别有价值。这下反而踏实了，对这些人来说，所谓旅行不过是个幌子，实际上就是为了换个地方喝酒。于是乎大家仿佛得到特赦，啤酒黄酒一通招呼。之前荣岩说要回上海，说第二天有课，学生可以留下来陪我们接着喝。叨叨说她要回杭州，没有理由。一看叨叨要走，阿拉丁说他要跟叨叨一块儿回去。石磊说那还不如大家都散了。

这顿饭大概吃了有四五个钟头，醒来时发现已在宿州东站的候车室。恍惚记得有人去买票，阿坚坚持抽烟引来好几个警察（细心的读者也许会发现，此次旅行，警察贯穿始终）。最后是阿拉丁和叨叨回杭州，荣岩和学生回上海，石磊意犹未尽（也可能是不愿意当着阿拉丁和叨叨的面花），跟我和阿坚一起乘坐晚上 19:30 经由宿州东的 G158 次高铁回到北京。在站台上，阿拉丁和叨叨表现得有些暧昧，隔着铁轨，双双向我们挥手作别。

兖州记事

一、我和阿坚、高大师、阿拉丁去兖州

2012年5月5日 星期六 第一天

　　我跟阿坚他们有个行走九州的计划，便决定这次先从离北京最近的兖州开始。北京没有到兖州的高铁，所以我们买了到泰安的票，到了泰安就离兖州不远了。出发那天是5月5日，正赶上立夏，我跟阿坚和高大师约好一大早在北京南站碰头。本来还有俩人要去，但不知为什么他们临时取消了行程。我们那趟高铁是G119次，10:10开，到泰安是12:01，全程1小时51分。开车不久，我边上一个男孩就开始学狗叫，而高大师则把一瓶矿泉水立在车窗的窄沿上，测试高铁的稳定性。看过了德州，我便给阿拉丁打电话，告诉他我们大概到泰安的

时间。他头天晚上从杭州坐的卧铺,早上就到了泰安。我们在北京上车的时候,他已在太庙闲逛。我让他在太庙附近找家餐馆,计划一行人吃过午饭,再逛一下太庙边上的古玩市场,然后再出发去兖州。可就在我们这趟高铁快要到泰安时,高大师接到一个电话,说他们单位的人来接站,接下来的行程他们肯定也安排好了。于是赶紧通知阿拉丁不要找餐馆了,原地等我们去接他。

来接站的是高大师他们单位山东公司的薛经理,看到就来了三个人,老薛有些奇怪,因为他听说我们这边一共要来八个,所以他带来了两辆车。

在太庙门口的老槐树底下我们见到了阿拉丁,上次分手还是半年前我们一起在宿州游玩。当时他留着光头,这次却留了一头长发,还戴了一顶帽子。要不是他冲我们这边跑过来还一边招手,我肯定认不出他来。之前高大师问薛经理是不是在泰安吃午饭,薛经理说直接去兖州吃,还说兖州那边都安排好了。

泰安至兖州大约218公里,路上开了一个半钟头,下午两点才到兖州。

我们直接被拉到一家叫天外村的餐馆。兖州方面的李经理正饥肠辘辘地等着我们。午饭安排得很丰盛,但就是没酒,因为要看兴隆塔的佛舍利。李经理强调晚上再好好喝。我看阿坚有些错愕,事先编好的客套话全噎回肚子里了,那些话本来应该是端着酒杯说的。这个老江湖走南闯北,估计也是头一次遇到这种情况。可能是头顿酒落空了,后来的酒基本全没踩在点儿上。当然，这是后话。

　　李经理还说，兴隆塔地宫出土的文物现在不对外开放，我们这次能破例参观，是得到了当地领导的特殊关照。我关心当年窃贼挖盗洞的那家农贸市场还在不在，李经理说，佛塔北侧的那家农贸市场早已挪到别处，如果谁想在现在这个农贸市场的位置挖通往地宫的盗洞，估计两年都挖不到头。吃过饭我们便被领到博物馆后面一栋小楼里，上到二层便是存放地宫文物的库房。走近一看，门框上果然贴着"酗酒者请勿入内"这么一条温馨提示。参观者不能带包入内，就连我背的一个巴掌大的小包以及高大师的照相机都要存。经过两道安全门，我们终于进到库房，看到兴隆塔地宫出土的那批舍利碑、石函、鎏金银棺、瓜棱形金瓶（它的紫水晶莲花底座是一位新加坡居士捐赠的）、舍利、瓷碗、玻璃瓶等，而佛牙的展位明显空着，留给人们以无限想象。

　　来兖州前，从查阅的资料中发现，围绕着这批出土文物可谓疑点重重。有关人士认为，所谓的佛舍利多数不过是"洹河砂砾"而已，这从目前发现的佛塔地宫瘗葬物中可得到证实。还有资料指出，就目前发现看，兖州兴隆塔地宫有被严重扰动的痕迹，除了"舍利金瓶一两"可以印证，铭文记载与发现多处不符：①发现的所谓佛牙和大量"舍利"，乃至鎏金银椁，石碑都没有记载，故不能确定其来历甚至瘗葬年代；②石碑铭文上详细记载了顶骨的来历，但没有发现顶骨实物；③缺失金棺（鎏金银椁内有一片金棺的前档构件，但没有棺体）和银须弥座（发现的鎏金银椁的木底显然是后来加上的，很不协调）；④石碑明确记载这批圣物属于"龙兴寺",却在"兴隆寺"发现(今兖州兴隆寺曾用名"普乐寺",而没有"龙兴寺"名称的记载)。地宫瘗葬物是否"龙兴寺"原物,更是扑朔迷离;⑤碑文记载的没有发现,发现的又没有记载,地宫出土的两颗所谓佛牙,更让人捉摸不透。而所有这些疑问,讲解员并没做出任何解释。

面对这些疑问和眼前的文物,我觉得自己也被卷入迷局之中,甚至还产生了一种莫名的冲动,提出看看兴隆塔。但讲解员说现在塔不让上去,只能从远处看。来之前查资料,看过一些老照片,最早的一张是1930年一个法国传教士拍的。还有一张是1936年7月,林徽因的测绘照片。最打动我的是,一张1960年兖州兴隆塔下读书的女生的照片。看来,在那个年代的学生,还把在塔下读书当成时尚,而这座塔显然成了兖州标志性建筑,同时也是兖州的制高点。

从这些照片的背景看,我发觉兴隆塔四周的环境跟20世纪30年代变化似乎不大,有树,有耕地和房屋。但我所能看到的,也只有这么多了。接着,我们又被带到博物馆的展厅。我觉得展厅里很热,灯光也不够亮,有很多碑刻上的字迹看不清楚。讲解员说还不到季节,要过几天才能开空调。不管怎么样,总算看到了著名的沙丘城碑、北魏金口坝的守桥石人和传说中的天下第一剑。

从兖州博物馆出来,我看到院落的一侧在建一座塔式的建筑,粗看外观轮廓,应该是按那个地宫出土的那个瓜棱金瓶的形状放大的。接着,我们一行人又来到金口坝。坝不是很高,但很开阔,泗水河在坝下静静流过,而夏汛漫坝更是当地一景。但水发大发了也不行,1991年那场大水就把坝给淹了,难怪坝的两端伏着两只镇水兽。据记载,金口坝建于北魏时期,老坝基是8米宽,后开扩成10米宽了,能承载各种车辆和行人。正当我在坝上左顾右盼时,从我身边驶过一辆汽车,车里放着音乐,车上两个青年人都光着膀子,胳膊上满是文身。不远处一座桥梁在修建中,一位老人在坝上撒网捞鱼,这一切构成了一幅鲁国乡村大地的黄昏景象。

当地安排我们住在实小胡同的兴隆宾馆,据说离兴隆塔也就300多米。我跟阿拉丁住在115号房间,阿坚跟高大师他们住116号。我注意到墙上一个的工艺品镜框里嵌着李白的《侠客行》。其实,李白在兖州最著名的一首诗是《寻鲁城北范居士失道落苍耳中见范置酒摘苍耳作》。这个范居士何许人也,让诗仙写一首如此之长题目的诗,有空当须考证考证。

看还不到下午5点,离吃晚饭的时间尚早,我提出到街上逛逛,于是我们在宾馆门口截了一辆出租车。司机是女的,烟台人,比较能聊。她奇怪我们为什么会来这儿,她认为兖州没什么看头,曲阜才真正好玩儿。我们先是到了一个公园,两只狗在草地上做爱,我们本以为少陵台在公园里面,女司机说她没听说有什么少陵台,只记得这个公园过去有个摩天轮。后来我们又去看了清真寺、修女院和老教堂。这些建筑都集中在西御桥南路上,阿坚说这条街过去相当于御道。后来才知道1897年那个已经不在了,我们看的这座教堂是 1901 年建的，它的外墙装饰得花里胡哨，乍看有些岭南风格。清朝末年，兖州教案的发生，迅速扩大了天主教的势力，使它们在中原地区站住了脚。就在我们正要离开时，主教陪着一个客人从教堂出来了。他看上去三十出头的样子，穿着黑衬衣，还戴着一副眼镜，跟周围的人和善地打招呼。

后来终于找到少陵台，高大师赶紧照相发微博，配的词是杜甫很忙。我对这处景点比较麻木，不光是因为它变成了一个水泥台子，本来我就对古人写诗必须登高爬梯这种行为有些不以为然，难道在低洼或者平坦的地方就找不着灵感吗？当然这话不能被李白和杜甫两位知道，这二位在兖州及周边正经游荡过一阵子，据说还留下了许多佳话。

晚饭安排在鲁桥渔村。李经理推掉其他事情，专门陪我们。我们喝的是一种绿豆酿的白酒——神州第一剑，想必是跟那把大铁剑有关。记得若干年前喝过绿豆大曲，估计跟这酒一个路子。比较搞笑的是继绿豆酒之后，接着上来一只王八，似乎这王八就是冲着这酒来的，酒和菜之间，搭配得居然如此天衣无缝。

我试着尝了一口酒，觉得度数不高，酒胆逐渐变大。李经理解释说，山东一般都是喝低度白酒。其实，我对酒的度数不太挑剔，只要喝当地的就好，所谓一方水土。阿坚和阿拉丁不喝白的，李经理就给他们上了银麦啤酒。菜肴主要以微山湖的海鲜为主，不光鱼，虾和螃蟹等都是从当地运来的，连师傅到服务员都是当地人。一盘扒蹄摆在隆重的位置，李经理说，对于生长在水边的人来说，鱼肉不算肉。

2012年5月6日 星期日 第二天

早晨在鞭炮声中醒来，发现头是晕的，一打听才知道头天晚上喝大了，怎么回的宾馆都不知道。吃过早饭，先逛古玩市场，当地管它叫狗市，原来很多地方的狗市都兼卖古玩。看到一只唐代的狗品相和年代都不错，虽然有些残缺，但仍然买了下来。我家里有很多只有残缺的小动物，都是我从各地买来的，它们有的断了尾巴，有的没了耳朵，但我仍然珍爱它们，仿佛它们真有生命。希望有一天，我能写一个以它们为主角的故事。

高大师则一直跟一个卖老照片的摊主讨价还价，最后把照片买了下来。

兖州至汶上41.8公里，开车不到一个小时。一路遇到好几个结婚的车队，才明白早晨的鞭炮声是怎么回事。薛经理以前没来过汶上，路不太熟，有几次停下来打听。进入汶上县城，顿觉马路开阔，街边种着桐树，一栋栋仿古建筑掩映在绿荫中。在一条繁华街区的叉路口，竖着一块舒淇的巨幅广告。这一切不由得让我产生错觉，怀疑我们是在一个县级的汶上，还是在烟花飞舞的扬州。

这次到汶上主要是看宝相寺。当地的王经理负责接待我们。他专门叫来导游小赵，特意关照说我们是远道而来的客人，让她尽量讲解得详细些。这下不要紧，小赵表现得果然尽职尽责，光山门就说了有20分钟。另外，韦陀她介绍得也比较详细，说韦陀是佛的护法神，是南方增长天王属下八神将之一，位居三十二员神将之首。据说，在释迦佛入涅时，邪魔把佛的遗骨抢走，韦陀及时追赶，奋力夺回。因此佛教便把他视为驱除邪魔、保护佛法的天神。从宋代开始，中国寺庙中供奉韦陀，称为韦陀菩萨，常站在弥勒佛像背后，面向大雄宝殿，护持佛法，护助出家人。看韦陀菩萨的韦陀杵的方向：如果韦陀杵扛在肩上，表示这个寺庙是大的寺庙，可以招待云游到此的和尚免费吃住三天；如果韦陀杵平端在手中，表示这个寺庙是中等规模寺庙，可以招待云游到此的和尚免费吃住一天；如果韦陀杵杵在地上，表示这个寺庙是小寺庙，不能招待云游到此的和尚免费吃住。

可见有没有讲解就是不一样，以往存疑或会忽略的地方，一经解说便马上了然。自打我们进了宝相寺，一对情侣一直跟着我们的队伍蹭听，看他们一脸虔诚见佛就拜，也不好意思点破他们。直到我们进了地宫，这对情侣才不见了踪影。宝相寺塔的地宫里供着的是一枚佛牙舍利，关于这枚舍利，坊间有很多传说。我们耐心排队进到地宫的最深，看到这枚舍利就在一个小型的舍利塔里。塔里红色绿色黄色灯光交替闪烁变幻不定，小赵在一旁提示，黄光亮时看得最清楚。

资料中对这枚佛牙舍利是这样描述的，汶上宝相寺地宫出土的石匣上有铭文，地宫南、西两壁均有文字，且十分清晰，文字确切记载了迎葬、归葬佛舍利的时间、地点、人事，记载中最有价值的是赵世昌从京师请来的佛牙、舍利，从何处来，葬何处去，未请来宝相寺之前，在何处供养都记载得十分详细，也包括参加葬礼的僧人。石匣上所刻文字的详尽记载，足以说明所葬之物的真实和宝贵。文字在考古学上占有重要的地位，是极其难得的依据。宋皇室内供养着一枚佛牙，且时间较长，宋史上和其他典籍上都有记载。

当地人对这枚佛牙舍利更有着神奇感应。藏有佛牙舍利的地宫是1994年3月15日修缮塔基时发现的，而它葬入地宫时，是北宋政和二年（1112年）三月十五日，时间上如此巧合，正应验了佛教界所谓的应了阴进阳出之说。

据说在重建宝相寺的奠基前夜，汶上上空薄雾蒙蒙，一场大雨将至。第二天上午奠基开始时，突然云开日出，七彩光辉环绕着宝相寺塔，灿烂夺目。类似的光环后来多次出现过，而且都是在诸如佛诞日这种重大的日子。但也有一种说法，说我们今天看到的这枚佛牙舍利是假的，真的在银行保险柜存着呢。但我并没怎么失望，事情到了这种阶段，真假已经无所谓了。

出了地宫，我发现阿坚不见了。到了佛塔底下才发现他正围着塔端详，那架势不像是在顶礼或者研究，而像是一个游击队长琢磨如何把鬼子炮楼端了。高大师则在一旁总结说兴隆塔跟宝相寺塔一个有铃铛一个没铃铛，看来高大师认为铃铛对于一座佛塔才是真正至关重要的，一如珠宝首饰对于女人。

宝相寺里的斋堂叫五观堂。五观大概的意思：一是思念食物来之不易,二是思念自己德行有无亏缺,三是防止产生贪食美味的念头,四是对饭食只作为疗饥的药,五是为修道业而受此食。当时已接近中午,我看到斋堂里一个中年僧人正坐在一张矮桌前吃饭,他对我们几个不速之客的出现表现出有些诧异,屋里还有两位女居士在打扫收拾。门口的桌子上摆着三个铝质的大盆,里面分别盛着焖扁豆、西葫芦炒木耳和稀粥。稀粥盆落了一只苍蝇。墙上写着两个电话号码,号码旁分别标明菜、馒头,大概是负责给斋堂送餐的。这时,阿坚让我看斋堂门口贴着一张打印的通知,上面写着:为珍惜十方供养,落实寺院《丛林管理规约》,规范斋堂管理,经宝相寺寺务管理委员会研究决定,从9月20号开始,非寺管会所管理人员,不在寺院斋堂用餐。特殊情况须经客堂批准。望大家谅解。特此通知。落款是宝相寺寺务管理委员会(公章),发布时间是2010年9月20日。

  本想再多打听一些关于斋堂的讲究或者规定之类的,一转身发现导游小赵不见了。出了院落,过道里仍不见小赵的踪影。这真是太奇怪了,就是狐狸精遁地也还得有个变的过程吧。一个堂堂导游,光天化日之下,咋能说没就没了呢。当然,这么说是玩笑,丝毫没有责怪她的意思,她已经很好地完成了她的工作,可能只是不想继续给我们添乱罢了。

  午饭安排在粥公粥婆,正赶上这天是这家酒店开业,服务员的自我介绍也很有特色。两个人一个姓孔一个姓方,上来就说了一段顺口溜。汶上公司来了好几个人,一张大圆桌坐得满满的。上的白酒叫四尚书,因为汶上历史上一共出过四位尚书。阿坚和阿拉丁喝的是青岛纯生。阿拉丁坐在我边上,为了讨好他,我不停地给他夹菜。原因是他说我昨天晚上骂他来着,而且措辞拙劣,语气下流,阿拉丁对此完全难以承受。不过,在宝相寺照相时,阿拉丁对我进行了残酷的报复,在我请他帮我照相时,他居然把佛塔跟我照成了一顺。设想一下,什么人能整天头上顶着一座佛塔呢。

喝着喝着又奔大了去了,服务员拿来了笔墨宣纸,请我们写字。我龙飞凤舞,瞬间就用了好几张宣纸,轮到阿坚写时没宣纸了,阿坚只好把字写在餐巾纸上。这种杂耍式的表演,本来就是阿坚的拿手好戏,可以想象当时的场面有多么混乱。这些人里,就属阿拉丁谦虚,只用正楷写了宝相二字。吃完饭高大师跟着薛经理的车直接去泰安,第二天他还要上班。我、阿坚和阿拉丁回了兖州。借着酒兴,我们去看了酒仙桥和泗水桥,不过,具体情况我已经记不清楚了。就像李白和杜甫,相信他们去过的地方也不一定全能记住,特别是在连续喝了两天大酒之后。

2012年5月7日 星期一 第三天

早上起来到餐厅吃早餐,虽然品种繁多,但经过两天折腾,彻底没了胃口。看上一个油桃,还被阿拉丁咬了。墙上的电视正在播新闻,阿拉丁告诉我说奥朗德当选了。我不明白阿拉丁为什么要关注法国大选,这家伙居然说欧洲对世界很重要,而法国对欧洲很重要。我忍不住当场冲到卫生间又吐了会儿，把刚喝的果汁全吐出来了。

后来，我又问我头上的绷带和床单上的血是怎么回事。阿拉丁说昨天吃晚饭，又跟尹经理喝大酒来着。出了餐馆开车门时，我的头撞到车门上了。当时就血流如注，不省人事，被送到医院缝了几针。最可恨的是，听说阿坚为了省钱，不让打破伤风针，就连麻药他也不想让我打，理由是孙民和小伟缝针时都没打。好在医生没听他的，坚持给我打了一针麻药。阿拉丁还说阿坚看到血吓坏了，一个人跑到外面抽烟，不管我怎么喊他都不应答。

拿上行李，我们出发去嘉祥。路过济宁，阿坚本想看一眼清代的铁塔，但车没停，主要是因为嘉祥那边正等着我们。果然，等我们到嘉祥时，聂经理正等着我们。听阿坚说我们要去武氏祠，聂经理说这次恐怕看不成了，因为它目前正在修缮，不对外开放，要去只能下次。他提议我们去曾子庙。我脑袋仍然晕着，心想都这操行了，去哪儿都已经无所谓了。于是聂经理开车带我们去曾子庙。路上他介绍说这边有个军用机场，再有就是山多，整个嘉祥加起来一共有一百二十来座。靠山吃山，嘉祥被称为石刻之乡，很多石狮子之类的，都是从嘉祥出去的。但采石场太多，会影响到空气质量。正说着，就有几辆装载着石材的大卡车从对面隆隆驶过。

不同于孔庙的热闹，曾子庙里十分僻静，偌大的园林，只有我们几个人在四处闲逛。聂经理说，曾荫权就任特首前来过一次，不过比较低调。相比之下，曾宪梓就高调得多，整座庙内，到处可以看见他以及金利来集团出资的标识。以后做一个现代版的曾子像,让曾子他老人家穿上金利来西装系金利来领带也说不定。在膳堂边上,我发现泥土里有几片瓷片。而原来的马厩,仍然散发着一股热烘烘的味道。

往回走的路上,有一段有些颠簸,头上的伤口隐隐作疼。路旁的院墙上,"严厉打击非法婚姻""投案自首是黑社会唯一出路"等标语格外引人瞩目。快到城里时,聂经理又给餐馆打电话,说这边已经参观完毕,鸡和鸽子可以做了。他还说本来有个法云寺,修建于唐代,后来毁了,现在这座是2004年重新修建的,也只能等下次了。

午饭在路边一家鸽子店吃,聂经理说算是当地的特色。我问不会把送信的鸽子吃了吧。聂经理说不会,咱们吃的是肉鸽。本不想喝酒,受不了殷殷相劝,索性就开怀畅饮了。还是老规矩,我跟当地人喝白的,阿坚和阿拉丁喝啤酒。气氛顿时变得热烈和融洽。借着酒劲,说了几个笑话,然后,又说起阿拉丁的头发。为了证明是真的还是是假的,我提议用打火机烧个试试,但被阿拉丁婉言拒绝了。

嘉祥至曲阜87公里。曲阜是我们这次旅行的最后一站,到时候我和阿坚从曲阜回北京,阿拉丁从曲阜回杭州。聂经理带着一位同事开车把我们送到曲阜的九龙宾馆,然后他们就走了,想留他们一起吃晚饭也没留住。

当地给我们安排在206、207房间。我仍然跟阿拉丁住一间,阿坚单住一间。刚躺到床上,阿拉丁就接到杨立峰、石磊打来的电话,大意是如果我们能在山东多住几天,他们就过来找我们。我不想动,更不想说话。记得杨立峰大概一年多前来过曲阜,他亲口跟我讲,在孔府,想到当今世道礼崩乐坏,他还独自坐在孔子植的大树底下痛哭一番。

快到饭点时,阿坚来到我们房间,说看来晚饭得自己安排了。我说那就随便找家餐馆吃点儿得了,正说着,曲阜的高经理和盛经理就来了。晚饭安排在宾馆餐厅的"齐"包间。酒喝的是孔府家酒,阿坚和阿拉丁还是喝啤酒。上菜之前,高经理不停打电话,内容就一个,通知对方明天不开会了。当时在座的还有两位女士,据她们自我介绍,一位姓姜子牙的姜,一位姓李世民的李,到底是孔孟之乡。总之,一开始大家谈笑风生,把酒言欢。后来阿坚算命,把姜姓女子给说哭了,连声问你怎么知道的。后来再怎么样,我就又失忆了,好像又写字来着。

2012年5月8日 星期二 第四天

一大早阿坚闹腾着吃早饭,可是看阿拉丁的反应,我觉得他们已经吃完了。翻遍书包,不见我在兖州买的小狗,只记得晚饭时在餐桌展示它来着。慌忙中下楼去包间寻找,在前台正好碰到了高经理。他让我别着急,他来帮我想办法。没过一会儿,他就把小狗给我找回来了。接着,他问我今天都有些什么安排,还说找来了一个女导游陪我们游三孔。阿坚反对去旅游点,那个导游就走了。看来只能逛逛文物市场了,好在离我们宾馆不远城墙边上就有一个。当时时间还早,没有什么游人,进出城门的马车都是空的(如果是圣人出入,一定会乘牛车)。

在文物市场，看上一把莲花图案的执壶。因为头是昏的，没心思讨价还价（因为这时候做出的决定都比较仓促），就放弃了。于是去高铁站，高经理一边开车，一边仍然在打电话，内容跟头一天一样，就是明天不开会了。没过多久就到了高铁站，高经理跟我们告别后便开车走了。阿坚又有些失落，随口说了句说也没留咱们吃午饭。我说咱们如果去三孔，午饭肯定要吃的。有人接待有利有弊，利就不说了，弊是没有时间自由活动，就连品尝当地的小吃也做不到。来兖州之前，我就想吃当地的麦子煎饼、壮馍和糊粥，结果自然没戏（这些话也可能不是当时说的，记得一到曲阜东站，下了高经理的车，我就剧烈呕吐来着。高经理一定会觉得我突然蹲下去的姿势很奇怪，以为我遇到了什么不愿意见的人）。

在售票处，我和阿坚买了两张回北京的车票，阿拉丁买了一张回广州的。看时间还早，我们便去售票处边上一家餐厅坐坐。说是餐厅，更像个员工内部食堂。套餐25块钱一份，两三样菜外加一碗米饭。阿坚要了一份，我胃里难受，只能喝果汁。他俩大概喝了5瓶啤酒，为了增加喝酒的乐趣，阿坚还拿出骰子。我输了喝果汁，他俩输了喝酒。酒桌上这么多年，我难得受到这样的照顾。酒足饭饱，阿坚提醒我，不是还带茶了吗？我从背包里拿出一小包铁观音，以为他马上喝，想不到他把茶沏到随身携带的旅行杯里，以便在旅途中慢慢饮用。这就是阿坚，从来不放过任何一种享受。

结完账，我、阿坚和阿拉丁各自拎着地方送我们的芦花烧鸡、砭石保健品以及牛蒡咸菜三个礼盒在入口处分道扬镳。有意思的是，我和阿坚回北京这趟高铁 G32，正好是杭州开往北京的。在曲阜发车的时间是 11:36，到北京是 13:41，全程 2 小时零 5 分钟。

由于几天来连续大酒，加上头上的伤痛，我一上车就睡着了。也只有在火车上，我才是安全的。醒来时发现我边上的座位没人坐，阿坚坐在另一排靠椅上，手里捧着茶杯，两眼直视前方，仿佛扑捉着下一个行动目标。不知道为什么，阿坚这两年突然对古塔产生了兴趣，曾经写过一句很牛的话：狗在塔下时，冷就向阳，雨就换地。这也是为什么他很积极地参与策划这次山东行。

到了北京南站，感觉北京的气候要比山东闷热。打辆出租车回到家中，虽然头天给老鸭电话里说了头受伤，看到我头上缠着带血的绷带，老鸭的表情还是有些错愕。毛驴永远是最亲的，每次从外面回来，它都跟我有说不完的话。不管怎么样，先下楼遛狗，再顺便去卫生所开消炎药。受伤已经三天了，在山东光喝酒没吃药，如果感染就麻烦了。

晚饭在家里煮了一袋速冻饺子，由于胃里难受翻得慌，吃几个就吃不下了。看来此次出门，真是元气大伤。给高大师打电话算是报到，他张罗着让蹦跶接风。我给蹦跶打电话，她说最好明天，于是就把时间安排在明天晚上。

2012年5月9日 星期三 第五天

早餐吃了个煮鸡蛋和一个西红柿,觉得身体在缓慢恢复。但心情沮丧,而且仍然感觉虚弱,除恶心、畏寒(估计因为失血过多)和嗜睡外,眼前还不时出现奇怪的文字和图案。我觉得应该到卫生所找于医生处理一下伤口,上次我手上的伤口就是他处理的。在卫生所过道碰到饶护士,她说于医生不在,去学习去了。她说我最好在哪家医院治疗的,就去哪家医院处理。我说那家医院在山东,我总不能为这个专门跑那边一趟吧。饶护士说,那就帮你看看吧。她剪开绷带不禁后退了半步,我当时的样子一定十分恐怖,因为伤口就在眉骨上,这使我看上去像长了三条眉毛。但她很快镇定下来,说我的伤口愈合得还不错,接着,就给我清洗伤口,又贴上一块小的纱布。最后,饶护士叮嘱我尽量少活动,以免出汗。还要多吃清淡食品,不要吃辛辣食物以及海鲜等发物。

从卫生所出来,我的心情大好,几天来那条绷带箍得我又热又难受,这下终于放松了。于是决定午饭亲自下厨,做我拿手的炸酱面。先抄了绿豆芽和芹菜末做卤,然后佐以黄瓜丝,再加两勺用海米和花椒炝的三合油,尝了一口后幸福指数陡升,看来家庭生活是永远替代不了的。吃过饭打开空调,本想踏实睡个午觉,却做了一个怪梦。我们一行人打着火把,在通往地宫的隧道里行走。其间,我不停地变换形态，一会儿变成一句话，一会儿又变成了一块白色的石头，最后还变成一具怪兽。不同的形态，决定着我前行的速度。要命的是，在这个过程中，我还要分出我一部分肉身，跟这些不同的形态对话和交流。隧道高低不平没有尽头，四周的墙是用红色的砖头砌成的。就在我重新变回到我自己时，我的头好像被什么东西撞了一下，然后就醒了。

接风宴六点钟定在高大师家楼下的通花苑。大家看我头上的纱布，都表现得很吃惊，连问什么情况。我只能轻描淡写，一笔带过，因为回忆也是一种伤痛。他们听了都说那就别喝白酒了，喝点儿啤的就行了，主要是怕脸上以后落疤。我听说有的人脸部受伤后不去医院，而是去美容院缝针。我奇怪问她们什么不去裁缝铺，反正都是针线活儿。高大师说他早有预感，那天晚上给我打电话关机，给阿坚打电话阿坚不接，当时他就觉得肯定出事了。本来高大师只是担心我跟阿坚都记流水账，万一写出来一模一样怎么办。事态的发展，远远超出他的想象。

后来就又喝酒划拳，我连续赢了几拳，大家开玩笑，说我看来还没太伤到脑子。我这才意识到山东之行已告结束，而北京的大酒生活重新开始了，一切又回到正常。

阿弥陀佛。南无阿弥陀佛。

二、营造学社 1936 年的兖州兴隆塔的一次考察

1. 行程

1936 年 6 月，梁思成和林徽因应山东省教育厅厅长何思源之邀，专程来山东考察古建筑。他们考察的路线是：东到历城、章丘、临淄、益都(今青州市)、潍县(今潍坊市)，回济后南下长清、泰安、滋阳(今兖州市)、济宁、邹县(今邹城市)、滕县(今滕州市) 计 11 个县。

此行调查测绘的古建筑有：

历城：神通寺四门塔，朗公塔，元、明墓塔 30 余座，千佛崖唐代造像，涌泉庵等；

章丘：常道观元代大殿，白云观，清静观元代正殿，文庙金代大成殿，永青寺，民居等；

临淄：兴国寺遗址，北魏佛像；

益都：县文庙；

潍县：县文庙，石佛寺明代大殿；

长清：灵岩寺千佛殿，辟支塔，慧崇塔及法定塔，宋、元、明历代墓塔 140 余座；

泰安：岱庙，泰山上道观等多处；

滋阳：兴隆寺砖塔，灵应庙大殿，泗水桥等；

　　济宁：铁塔寺铁塔，钟楼；

　　邹县：法兴寺宋塔，亚圣庙；

　　滕县：龙泉寺明塔，兴国寺遗址。

　　他们原计划还要调查益都云门摩崖雕像。云门雕像是隋代雕像的精品，但已破坏得很厉害，同时途中经常有土匪出没、抢劫。益都当局极力劝阻，他们也就只好作罢（林洙：《梁思成林徽因与我》）。

　　梁思成和林徽因于6月下半月抵达济南与麦俨增会合，7月到的兖州，但确切日期并不清楚。在兴隆塔周围，他们测量绘图，为大塔拍照。林徽因坐在大塔第七层的南门洞中，梁思成抓住这个时刻，也给她拍了一张。兴隆塔的全景照片，已由梁思成选入了他主编的《中国建筑史》。林徽因那张尽显优雅之态的工作照选入了《林徽因传》和《林徽因文集（建筑卷）》。有篇文章是这样形容这张照片的：这是一张侧身剪影照，拱门之下，她头戴宽沿圆帽，倚墙屈膝而坐，膝上铺着纸笔，正全神贯注地绘图。

2. 营造学社

　　此次行程，是营造学社考察中国古建活动的一个部分。该学社由朱启钤1930年成立，于1946年宣告解散。成立中国营造学社，实有其历史的根由。台北的李润海（《中国建筑史新编》作者）说过："中国营造学社的产生，是对当时'国学'思潮的一种反映，也适应了当时流行的'中国固有形式'建筑设计的实践要求。"截至清末，中国积弱已久，面对强势文化的压力和欺凌，中华民族从自身文化寻求出路的文化意识成为必然。中国古代建筑是我们民族的国粹，珍视并全面地研究它，亦是一种必然的选择。

在中国营造学社存在的15年内，由朱启钤、梁思成、刘敦桢、阚铎、梁启雄、单士元、陈仲篪、王璧文等一大批学社同人，先后调查了全国15个省220多个县的历史遗构，测绘、调查、摄影了2000多个建筑，对唐、宋、辽、金代的建筑有了一个基本的了解，基本上掌握了自魏晋到明清时期的建筑实物资料；在文献典籍整理方面，他们对浩瀚的古籍进行考辨源流，对中国建筑自远古至明清时期的历史发展脉络有了较清醒的认识，为他们未来研究工作的深入发展奠定了坚实的基础，对中国建筑史学研究做出了极大的贡献。

费慰梅说得比较直接，她说这是一个有钱人业余爱好的副产品，张学良、朱家骅、叶恭绰、马衡、李四光、费慰梅，看看这些显赫的名字就清楚了。但这仍不妨碍她对梁思成夫妇给予高度评价，觉得他们重视器物之用，特别是梁思成所主张的"搜集实物，考证过往，已是现代的治学精神，在传统的血流中另求新的发展，也成为今日应有的努力"，是盎格鲁－撒克逊文化和中国古典文化结合的完美产物。而梁思成夫妇对费慰梅费正清夫妇也是情投意合，他们彼此互相欣赏，费氏夫妇二人的中文名字便是梁思成取的，我觉得费慰梅的名字多少有些恶作剧的成分,因为三个字的辅音都是 EI。费慰梅于 1932 年独自一人去北平与未婚夫费正清结婚,在中国期间与建筑学家梁思成、林徽因夫妇等结为好友。后来费氏夫妇撰写了梁林的传记《梁思成和林徽因:一对探索中国建筑的伴侣》,对彼此间的友谊做了深入回顾。

这个朱启钤有必要再说几句。民国时,曾任代理国务总理,后因拥护袁世凯称帝遭到通缉。当时北京城人口迅速增加,交通异常拥堵,朱启钤深感传统城市建设已无法适应时代需要,因此主持规划了北京城第一条公交线路,为保证以后公交的畅通,他拆掉前门瓮城,移去东四、西四牌楼的戗杆,并修建了中南海与北海之间的道路。改建北京的正阳门、修筑环形铁路、改造社稷坛为中央公园等,即其所为。由拆了老北京的第一块砖的人发起中国营造学社,的确是个不大不小的讽刺,据说也让梁思成在是否参加营造学社这件事上颇为犹疑。

营造学社的古建调查活动,一般都会发表在《营造学社汇刊》中,奇怪的是 1936 年 9 月这期,似乎没有刊登此次梁林山东考察的内容,至少目录中看不到相关文字。即便兖州是他们众多考察活动中的一个小站,这看上去也不太正常:

目 录

汴郑古建筑浏览记录	杨廷宝
苏州古建筑调查记	刘敦桢
元大都城坊考	王璧文
宋永思陵平面及石藏之子初步研究	陈仲篪

哲匠录	朱启钤	刘敦桢
书评		梁思成
本社记事		

3. 梁林在山东的考察活动

关于梁林夫妇在兖州的活动，留下的文字不多。梁思成在他的《中国建筑史》上著录也只有区区一百余字："山东滋阳县兴隆寺塔，形制颇为奇特。塔平面八角形，高十三级，全塔简洁无赘饰，各层但叠涩出短檐而已。其塔身逐层递减，但最上六层则骤然缩减，如以另一小塔置于未完塔上者，盖建至第七层而建筑费告罄，故将上六层缩小欤？塔之建造年代为宋嘉佑八年。"

对于这次旅行，虽然没提到兖州的大黄眼药和雪茄烟，善于将建筑学研究注入人文色彩的林徽因当然有过诗意的描述。在一首写于"暑中在山东乡间步行"的诗中她这样写道："脚下风起"的她奔波在齐鲁大地上，飘飞的思绪化作一串串美丽的诗行：

> 我卷起一个包袱走，
> 过一个山坡子松，
> 又走过一个小庙门
> 在早晨最早的一阵风中。

我心里没有埋怨，人或是神；

天底下的烦恼，连我的

扰总，像已交给谁去，……

    这首诗的标题是《旅途中》，其行文方式现在的人读起来多少会有些不适应，至于写在山东什么地方，就更不得而知了。可以想象，出于专业考虑，当梁林登上兴隆塔的第七层时，他们一定会留意写有"大匠赵守忠，造浮屠匠苏则""社人张元妻郭氏计家二十口"那几块刻石，还会顺便眺望一下滔滔泗水。影落灵光就难说了，这种奇观必须在傍晚时分，而且还得在能见度好的时候，站在兴隆塔上，看着塔的影子缓慢延伸到东边三十里外的曲阜古鲁灵光殿遗址。

    在梁林的大多传记中，描述的比较笼统：1936年6月，他们沿胶济铁路考察，踏遍青山，兴致盎然。然后就没有下文了。林洙在《梁思成林徽因与我》一书中也只是说，20世纪30年代我们的国家和民族还处于多难、贫穷、落后的时期，野外调查乘坐的是木轮马车，或骑驴、骑马，或步行。能住宿在学校、庙宇是较好的去处，否则只能在大车店与蚊蝇壁虱为伍。

    看来，尽管踏遍青山兴致盎然，苦恐怕还是没少吃。

    林徽因给梁思庄的信中写道：思庄，出来已两周，我总觉得该回去了，什么怪时候赶什么怪车都愿意，只要能省时候……每去一处都是汗流浃背的跋涉，走路工作的时候又总是早八至晚六最热的时间里，这三天来可真是累得不亦乐乎,吃的也不好,天太热也吃不大下,因此种种,我们比上星期的精神差多了……整天被跳蚤咬得慌,坐在三等火车中又不好意思伸手在身上各处乱抓,结果浑身是包。

除此之外,也许还有一些细节可以补充。费正清在他的著作中曾经对梁林二人的考察工作做过如下描述:林徽因和梁思成很认真地测绘了这座古塔各部分的尺寸,用他们的莱卡相机拍了照片,搞了细部的素描图。梁思成因车祸撞坏腿后,骨头交搭接合,他的右腿短了一截,不仅腿有点跛,也使他的脊椎弯曲,背部软弱无力,他穿一件支撑脊椎的钢背心,尽管行动不便,但仍能在屋顶、椽架上爬行,克服了常人难以忍受的困难。

中午暂停操作,吃点野餐。思成虽然是个半跛子,但他能在屋顶上和椽架上爬行。在他学生时代,早在熟悉现代交通规则之前,他就有了一辆摩托车,他在一次不可避免的碰撞中摔坏了腿,但是骨头是交搭接合的。这就使这条腿短了一截,最终使他的脊椎弯曲,使他的背部软弱无力。在后来几年中,他穿上一件支撑脊椎的钢丝背心,有点像罗斯福总统套上一副钢丝腿框架一样。但是思成献身于他的工作,什么困难都阻挡不住他。

梁林二人的得意门生莫宗江也对林洙描述过恩师的工作状况:梁公总是身先士卒,吃苦耐劳,什么地方有危险,他总是自己上去。这种勇敢精神已经感人至深,更可贵的是林先生,看上去那么弱不禁风的女子,但总是爬梁上柱,凡是男子能上去的地方,她就准能上得去。

可以推测，两人工作上的分工是这样的：林徽因负责测绘和眺望，梁思成在测绘的同时还要给建筑和林徽因照相，给建筑，同时也给太太。从留下的大量照片可以看出，林徽因喜欢照相，而梁思成则酷爱拍照。他的那架莱卡照相机非常有名，当时的拍照造价高，操作复杂，对拍照者有很高的技术要求。当然，在分工方面，梁林的助手们也会做一些相应的工作，但他们的光芒无疑被这对圣人夫妇掩盖了。

4. 关于刘敦桢

有趣的是刘敦桢。很多资料都提到此次与梁思成林徽因同行的有建筑学家刘敦桢及两位助手。两位助手中有麦无疑，可惜网上查不到他的资料，只知道他是梁思成和林徽因的学生。刘敦桢简历是这样的：现代建筑学、建筑史学家。湖南新宁人。1921年毕业于日本东京高等工业学校建筑科。南京工学院教授。中国建筑教育及中国古建筑研究的开拓者之一。毕生致力于建筑教学及发扬中国传统建筑文化。1928年发表《佛教对于中国建筑之影响》。1930年加入中国营造学社。在《中国营造学社汇刊》上发表论文《北平智化寺如来殿调查记》《大壮室笔记》《明长陵》《大同古建筑调查报告》《易县清西陵》《河北西部古建筑调查记略》《河南北部古建筑调查记》等，为中国古建筑研究树立楷模。

为查明此次考察的记录，我找到《刘敦桢全集》（第三卷），此册编入了他于1935年至1944年间撰写的19篇文稿。其中《河北、河南、山东古建筑调查笔记》一篇记述的是他在 1936 年 10 月 19 日至 11 月 24 日的题目所提三省的调查活动，其中在 11 月 15 日的日记里这样写道：12 时半，入城，至重兴寺，摄取砖塔照片。寺在城北，仅古塔一座，附近堂殿，荡然无存。塔平面八棱，高十三层，但下部七层较大，其上绕以石栏，中央再建小塔六层，甚奇特。就局部式样研之，各层皆于东南西北四正面设门，其余四面，浮雕假窗，其窗棂构图，有斜卍字及六角棱花、井字等，由于裙板上刻团花四朵者，似较定县料敌塔年代略晚。各层出檐结构，系于枭混曲线上，施挑出甚短之檐椽一列，顶部则用反迭涩向内收进。塔顶形状不明，可辨析者，中央有座，座上置宝瓶，周围饰以铁条。又第十三层出檐之外缘，竖立铁条三组，每组三根，以铁圈维系之。一在南面之东。一在东南面中央。一在东北面，已倒。此塔前经梁思成、麦俨增二君测绘，但塔顶结构，未及细查，固特为补摄照片也。

这则日记中有两点是明确的，一是刘敦桢并没有像一些文章中所说的，参加了 1936 年 7 月梁思成他们对兴隆塔的调查。二是兴隆寺在当时叫重兴寺。此外，在刘敦桢的这部文集中，我还意外地看到他拍的滋阳娘娘庙牌楼的照片，我们这次去兖州，娘娘庙已经没有了，只能听到高大师的娘娘腔。

5. 兴隆塔

至于兴隆塔的资料则比较完整：兴隆塔坐落在兖州市区，高 54 米，

13 层，因兴隆寺得名，寺早毁圮，唯塔存。《滋阳县志》记，原塔初建于仁寿二年（602），是隋代全国第二批建的五十三座舍利塔之一（仁寿元年隋文帝令内史豫章王暕宣谕《隋国立舍利塔诏》）。《续高僧传》记有兖州僧法性于仁寿初年诏送佛舍利于兖州普乐寺。普乐寺即现在的兴隆寺。

目前塔上最早的刻石是北宋嘉佑八年三月的一件题铭。有"社人张元妻郭氏计家二十口"等，为建塔之最早佐证。20 世纪 30 年代，著名古建专家梁思成、林徽因夫妇曾来兖州测绘此塔，在《中国建筑史》上著录："山东滋阳县兴隆寺塔，形制颇为奇特。塔平面八角形，高十三级，全塔简洁无赘饰，各层但叠涩出短檐而已。其塔身逐层递减，但最上六层则骤然缩减，如以另一小塔置于未完塔上者，盖建至第七层而建筑费告罄，故将上六层缩小欤？塔之建造年代为宋嘉佑八年"。

据《中国地震目录》记载，康熙七年（公元 1668 年）大地震，兴隆寺塔毁。是塔毁后二十多年才开始修葺，至康熙末年竣工，前后历时三十年之久。其在原址重修，地宫、塔基沿袭不动殊有可能，北宋瘗藏或仍保存。

九月初，考古人员在对兴隆塔地宫进行清理时，出土了记事碑一块。石碑有"牒文"，即行政公文 800 余字，是北宋中书省（相府）对兖州地方报告的批复。兖州奏章的内容叙述了于阗国僧人在西天获得顶骨舍利、之后在中原地区游历的事迹，是北宋嘉佑八年（1063）龙兴寺埋葬"金顶骨真身舍利"的见证。

6. 康熙七年的那场地震

据《中国地震目录》,康熙七年(1668)大地震,兴隆寺塔毁。是塔毁后二十多年才开始修葺,至康熙末年竣工,前后历时三十年之久。其在原址重修,地宫、塔基沿袭不动殊有可能,仁寿舍利及北宋瘗藏或仍保存。

这是一场8.5级的大地震,康熙《泰安州志·舆地》载:"十七日戌时(十九点至二十一点)忽有白气冲起,天鼓忽鸣,城随大震,声如雷鸣,音如凤吼,隐隐有戈甲之声。或自东南震起,或自西北震起,势若掀翻,树皆仆地,食时方止。城垣房屋塌滩(坍)大半,城市乡村人昏露处。当夜连震六次,比天明,震十一次。自后常常震动……城西南故县村地裂深不见底,宽狭不等,其长无际;城东梭村庄地裂出水;东南留宋、羊楼等庄地陷为坑,大小不等皆有水;朱山崩裂,石上有文,人不能辨;泰山顶庙钟鼓皆自鸣有声,或见马蹄迹其大如斗,或见大人之(足)迹其长尺许。"城垣房舍塌毁几尽,岳庙建筑也破坏严重。"配天门、三灵侯殿、大殿数十处瓦片墙垣俱已坍塌"。

蒲松龄在《聊斋志异》卷二《地震》一文中做了生动形象的描述。以下引述《地震》中的相关内容:康熙七年六月十七日戌时,地大震。余适客稷下(今临淄),方与表兄李笃之对烛饮。忽闻有声如雷,自东南来,向西北去。众骇异,不解其故。俄而几案摆簸,酒杯倾覆,屋梁橡柱，错折有声。相顾失色。久之，方知地震，各疾趋出。见楼阁房舍，仆而复起，墙倾屋塌之声，与儿啼女号，喧如鼎沸。人眩晕不能立，坐地上随地转侧。河水倾泼丈余，鸡鸣犬吠满城中。逾一时许始稍定。视街上，则男女裸体相聚，竞相告语，并忘其未衣也。后闻某处井倾侧不可汲，某家楼台南北易向，栖霞山裂，沂水陷穴，广数亩。此真非常之奇变也。

可以看出，这场地震险些把泰山夷为平地，兴隆塔的倒塌也就不足为奇了。

7. 关于何思源

传记《何思源：宦海沉浮一书生》中，没有提到这次何对梁林的邀请。何思源是著名的教育家，时任国民党山东省政府委员兼教育厅厅长。在他主持山东教育工作期间，任用之人，多为北京大学、北京师范大学及留美出身的有才之士，使山东教育界汇聚了不少人才。1946年10月调任北平市市长。1949年北平解放前夕，他是北平市和平谈判首席代表，其女何鲁丽1988年至1993年任北京市副市长。不知1936年当梁思成林徽因到山东时，同何家是否有过接触。梁思成当时年龄35岁，林徽因32岁，何鲁丽生于1934年6月，当时才两岁。

8. 流亡

关于梁林这次山东行，有一个重要的背景，就是1936年以来，日本的侵华野心越来越暴露，时局日益动荡紧张，梁思成和刘敦桢也感到时局的紧迫，他们马不停蹄地连续调查，要赶在侵略者入侵之前把华北、中原地区的古建筑全部调查完毕，唯恐战争一旦爆发，这些祖国的瑰宝、民族的珍贵遗产将在战火中化为灰烬（林洙《梁思成林徽因与我》）。

后来在清理中发现，古塔的周围堆积了很多古建石刻，有些字是用硬物划上去的，其中有两块写着"德昌县名西郡浦庄村中井清昭和十三年（1938）五月"；"香川县绫歌郡府中村永秀雄昭和十三年五月六日"，显然日本人来过。还有一块侵华日军将领木村兵太郎书写的石刻，时间是昭和十四年（1939）七月，1939年3月木村兵太郎晋升为陆军中将，任第三十二师团的师团长，编入第十二军，驻兵兖州，同年4月开始对鲁南抗日根据地进行扫荡，这块石刻应当是其在兖州时所刻。

难怪有人感慨，"旅途中"本来是梁思成、林徽因生活的写照，只不过1937年"七七事变"之后，其主题不再是考察，而是流亡。

三、兴隆塔地宫盗宝案始末

连虾爬子自己都没有想到他会打起兴隆塔的主意。他只是听说十三层的佛塔是佛塔建造的最高品位，只有安葬佛祖的灵骨舍利才能建这么多层；也只有这种佛塔的地宫里才会有安葬佛祖的灵骨的石匣、金棺、银椁和其他宝物。但这座佛塔的地宫里究竟有没有地宫，就连当地文物局的人也不知道。

虾爬子似乎并不急于弄清楚这些情况,他先在一家旅馆住下来,没事的时候,就在塔的周围转悠。兴隆塔在兖州博物馆的院内,人来人往不说,四周还有很多监视器。看来,从地表进入地宫是不可能的。要想进入地宫,只能想办法挖盗洞。

一天,虾爬子来到兴隆塔北侧围墙外的农贸市场,熙熙攘攘的人们正忙碌地买卖着。虾爬子发现农贸市场靠近兴隆塔方向有五六间门面房正在出租,虾爬子便租用了一间房子,并开始做起了生意,主要是批发海鲜干货。一些海鲜需要浸泡,正好可以用修水泥池子进行掩护。虾爬子先把店面砌了一道墙作为隔断,然后便堂而皇之地干了起来。

正式开工之前,虾爬子从老家物色了四个同伙,加他一共五人。因为干这行有个讲究,必须得单数。一般三人,胆大的一人也行。一般不凑2、4、6人,双数人容易被警察或墓主人亲属抓到。几个人都有一些小偷小摸的前科,因此大家一拍即合。做好分工,他们就去五金店买来带胶皮的防磨手套、工兵铲、折叠铲、小镐头、撬棍、去铜锈的螺丝松动剂和一包土制炸药。关于到底买不买炸药,虾爬子心里着实犯了几天嘀咕,主要是炸药是盗墓用的,用炸药炸地宫,那还不把塔给炸塌了。就算塔炸不塌,炸药的动静也会把街坊四邻给惊动了。所以,买来的土炸药只是留着备用。

在开挖那天,虾爬子还请来一尊开光玉佛,并且去庙里烧了一炷香,以求得佛祖的保佑。但令人难以置信的事情还是发生了，虾爬子无意中看到兴隆塔的顶端出现了一圈色彩绚烂的光环。虾爬子让其他四个人看，他们却说什么也没看到。这可把虾爬子吓坏了，莫非是佛祖显灵，还是自己的眼睛出了毛病。

事发之后，据周围摊主回忆，他们白天很少开门经营，常常是房门紧锁，"做生意都忌讳问及货源或者价格什么的，也就很少过问。真没想到他们是干那个的。"白天，他们就着农贸市场里的吵闹声挖洞。晚上，盗挖工作就停下来。虾爬子发现，挖洞并不像预先想象的那么简单，先要向下深挖一个4米多深的井，然后再横向挖近40米的地道，直通兴隆塔塔基。他们一共花了三个多月的时间，平均两天挖一米左右。好在这一带土质松软，挖掘起来并不太吃力。但松软的土质带来一些问题，虾爬子主要是怕造成塌方。所以，他要求同伙一定不要把洞挖得太大。另外，在地洞里判别方向，怎么把盗洞挖直了也是一道难题。虾爬子为此用了指南针和GPS系统，但似乎都不太管用，虾爬子更相信自己的直觉。

每天农贸市场收摊时，虾爬子他们也跟着收工。晚上不出招待所。他们很谨慎，很少跟外界联系，从来不给家里打电话。全部的娱乐就是抽烟、打牌，就着鱿鱼丝、干贝丁和鳗鱼干喝酒。虾爬子发觉，他们的作息习惯跟普通人没什么两样，跟盗墓正好是相反的，挖墓时间一般是半夜2点以后，要问为什么，没人知道，就连师傅也不知道，总之，这是不成文的规矩，必须遵守。如果说晚上要干活，就是转移土方。为了不使人怀疑,每天晚上,他们都要把白天挖出来的土装进麻袋,然后放进纸箱,用三轮车运到郊外的路边扔掉。虾爬子嘱咐同伙,如果有人盘查,不妨实话实说。问:你们从哪儿来的?答:威海。问:干嘛来的?答:做海鲜干货批发。问:箱子里装的是什么?答:土。问:土是哪儿来的?答:地里挖出来的。问:那为什么不白天运?答:白天没时间。可惜这么长时间,没有碰到一次这样的情况,所以虾爬子的排练也没派上用场,最终变成了自问自答。

  天气好的时候,虾爬子喜欢在老城闲逛。一方面散散心,另一方面观察一下市面的动静。一天,他看到巷子里一位老人在晒太阳,便以问路为由凑过去跟老人聊天。让虾爬子意外的是,老人还挺喜欢说,俩人聊来聊去就聊到塔上。老人告诉虾爬子,这塔最初是隋代建的,离现在应该有一千多年了。建好那天,发生了一件神奇的事情,从远方飞来了两只白鸟落在塔上,这是吉祥的征兆。但是到后来塔还是被毁了,但寺庙还在。宋朝的时候,从于阗国来了一个僧人,在寺庙讲经说法近三十年,最后圆寂在这儿。听说朝廷为了他,才把这塔重新修建起来的。到了清朝康熙七年,山东发生了一次大地震,把兴隆塔震成了两截。后来又盖的时候,七层以上就变得细小了,而且改成了实芯的,所以当地人都管它叫塔上塔,也叫子母塔。在倒塌之前,兴隆塔的塔顶也是能上去人的。虾爬子问老人,那塔底下到底有没有地宫呢?老人打量了一眼虾爬子,说,这就不好说了。其实,话一出口虾爬子就后悔了,他知道这样问是多余的。

告别老人，虾爬子独自登到兴隆塔上。这是他头一次登到塔上，看到砖上有字，又往远方眺望，想到此时此刻，同伙们正在挖盗洞，虾爬子感到脚下一阵微微震动。于是赶紧从塔上下来了。

转眼三个月过去了，当盗洞挖了大约有40米时，虾爬子估摸着差不多了，他决定自己亲自挖掘。不过半个时辰，铁锹发出"砰"的一声，一看铁锹上的粉末，虾爬子知道挖到了砖头，这应该是兴隆塔的塔基了。激动之余，虾爬子干脆扔掉工具，用手直接挖起来。塔基本身厚度是6米，虾爬子耐心地把砖一块块拆下来，然后穿透塔基进入地宫。

就在半个多月前，虾爬子还接到师父的电话，让他加快速度。虾爬子只好催促他的同伙，就连吃饭时也不歇着。大家轮流挖掘，虽然戴着防磨手套，几个人手上还是磨出了血泡。但是有一条规矩大家都必须遵守，那就是挖的时候不许喊名字。这也是虾爬子订的，至于为什么，虾爬子自己也说不清楚。他觉得反正不好，可以老大老二老三那么叫，如果顺嘴说出来，就瞎说名字，一边挖一边喊名字，瞎说什么名字都行。比如张三李四王五，只要不是真的。

虾爬子是从兴隆塔北面的甬道口进的地宫，他迈下七层台阶，经过一条6米长的通道，然后进入方形的地宫。虾爬子估摸算了一下，地宫的边长为2.27米，约5平方米。它的顶部为三层斗拱砌成的券顶，中间为天井，差不多有两米高，虾爬子琢磨，所谓天井，大概是通天的意思吧。

虾爬子最先看到的是地宫当中位置放置的一个巨大的石头盒子，

盖的两侧饰有龙纹图案。虾爬子知道,有龙纹图案就代表了这是经过皇帝批准的。石头盒子下边的这部分是一条茶几似的莲花须弥座,上面还有很多雕刻,那些值钱的东西圣物肯定就存放在这个石头盒子里。虾爬子用力掀开盖子,看到一具鎏金的银椁、一个巴掌大的金瓶、两颗牙齿,还有两个琉璃小瓶。除了牙齿外,虾爬子把其他的东西小心取出来,又继续在四周寻找别的宝物。因为他听说佛牙不能挪地方。动了会倒霉的,别看它们孤零零地躺在尘土中,但在虾爬子看来,它们仍然长在佛的身上。如果这两颗不是佛牙,而是普通和尚的牙齿,就更没价值了。

石头盒子里,虾爬子还发现了一些铜钱,各个年代的都有。这些铜钱摆在这里是作为风水用途,还是用来打发蟊贼的,如果用来打发蟊贼,那未必也太抠门了吧。想到这儿,虾爬子差点儿笑出了声。也可能就像庙里的钱一样,它们仅仅是民众的供奉也不一定。

把石头盒子重新盖上,虾爬子抽了支烟,缓了缓神,又把目光落在一块刻着字的墓碑上。墓碑仆倒在地,虾爬子没工夫去看那些字究竟写的是啥,他只是寻找更多的宝物。当虾爬子用力搬开石碑,出现在他眼前的竟是一口深井,位置正对着天井,井中水质深邃清澈,就像一只眼睛在看着他。虾爬子吓得一屁股坐在地上,长颈琉璃小瓶被碰倒,碎成了几瓣。这时,盗洞那端传来同伙的声音:虾哥,你没事吧?

虾爬子得手后,决定迅速离开兖州。离开前,他们把盗洞用土回填上，洞口用水泥抹好，然后，在上面还砌了一层砖。一切都做得天衣无缝。但是，虾爬子还惦记着一个名叫豆哑的女孩儿，她是虾爬子他们住的招待所的服务员。不爱说话，只知道笑，虾爬子一眼就喜欢上了。但也仅限于喜欢，虾爬子从来没打算跟她有任何交往。他打听到她的名字叫豆哑，家住在泗水河边。虾爬子还从别的服务员那里打听到豆哑的电话。一天，虾爬子在过道遇见豆哑，忍不住跟她说，我知道你叫什么名字，还知道你住在哪儿。豆哑没吭声。见豆哑要走，虾爬子又说，你的名字听起来怎么有点儿怪啊？豆哑说，这有什么好怪的，因为豆子不会说话。一句就把虾爬子噎住了。过了一会儿，豆哑问虾爬子，说，那你叫什么呀。虾爬子说，我叫虾爬子，因为我胳膊瘦长，而且手长得奇大。刚说完，虾爬子觉得不对劲，跟豆哑说，哎，我叫什么你们不是都登记了吗？豆哑说，万一你留的名字是假的呢？虾爬子后背顿时冒出一股冷汗，从此之后，再也不敢跟豆哑搭讪了。但豆哑还是跟原来一样，见了虾爬子依旧笑意盈盈的。决定离开的这天晚上，当虾爬子听见兴隆塔的风铃传来叮咚的声音，他差点哭了。他认为就这么不告而别，无论是对豆哑还是对自己，都过于残酷了。

按照事先的约定，一到老家，他就给师父捎话，说他回来了。想不到师父并不急于见他，也没说要见这批宝物。他只是嘱咐虾爬子先把东西放好，以后自然有人会跟他联络。挂了电话，虾爬子一头雾水，感觉师父有些不对劲，就像换了个人似的。等他再给师父打电话，师父已经关机了。

虾爬子这才有机会研究这些地宫里的宝物。夜深人静的时候，虾爬子锁好房门，把宝物从一个保密的地方拿出来，细细琢磨。他把鎏金银棺的尺寸跟材料里看到过的其他类似的器物进行过一番比较，发现这么大的器物以前从没出现过。表面錾刻的图案更是繁复得无以复加，表现的大概是释迦摩尼涅槃时的场景。一个慈眉善目的双下巴胖子侧身横卧在毡毯上，单手托腮，双目微闭，庄重慈祥，周围是很多小人儿伤心悲痛的场面。他们神情动作各异，形象生动逼真，有的在擦眼泪，有的悲伤地跌倒在地。有个留胡子的人骑在狮子上，还有人骑着一头大象，俩个老头在下棋，胖子边上还有一个女的，虾爬子判断，她不是胖子的妻子就是胖子的妈妈。而那个可怜的胖子显然死了。但就是这么一件珍贵的宝物，虾爬子在拿着它往盗洞外面爬时，居然把一个边角给磕碰瘪了。

比起那副鎏金银椁，虾爬子更喜欢那个瓜棱状的金瓶，道理很简单，因为它是纯金的。这个金瓶也称作净瓶，是佛教专用器具。通高13厘米，上部是盖锥，盖顶上端坐一尊弟子形象，行合十礼。虾爬子不禁给他还了一个礼，心想这样咱们就扯平了。下部瓶体为六瓜棱形，虾爬子搞不明白这东西的用途，就在他来回摆弄时，那个小盖子突然开了，从瓶子里撒出一些五颜六色的结晶颗粒。虾爬子大吃一惊，难道这就是人们常说的佛祖圆寂火化后遗留下的舍利子吗？虾爬子在一个电视节目中看过，说如黑色的是毛发结成的，红色的为血液结成的，白色的为骨髓结成的，粉色的为肉体结成的。如果真是这样，自己的罪过就大了。虾爬子赶紧把这些结晶颗粒放回到金瓶里，然后把金瓶放回到桌子上，从此再也不敢触碰。

于是，虾爬子多了一项逛文物市场的爱好。他用手机拍下宝物，然后到市场询问价格。有的人看了照片后说东西不对，有的人说这东西就是对也不敢收。不管怎么样，虾爬子还是收获不小。看了很多东西后虾爬子才知道，被他打碎的琉璃小瓶叫琉璃净瓶，是佛教专用器具之一。在古代琉璃比金还要贵重，大都是以进口为主。不幸的是这件琉璃净瓶胎质太薄，易于破碎。不然的话，无论如何都能卖个好价钱呢。

由于连续的紧张和煎熬，虾爬子终于病倒了，而且吃什么药也不管用。虾爬子怀疑是不是因为干了缺德事，而受到上天的诅咒。另外，盗墓的人必须是单数也让他睡不踏实。他们一共五个人没错，可加上师父，不就成了六个人了吗？那到底是应该加上师父呢，还是不加师父呢？至于那具鎏金银椁被磕碰，虾爬子想都不敢想了。最让他害怕的是他刚听到的一种说法，挖的东西最好不要拿回家，绝对不准当传家宝。否则死后容易遇同行，怪不得师父不让他把东西拿过去，要不然就是师父听到了什么风声。但这些东西不搁家里，又能放哪儿呢？虾爬子越想脑子越混乱，他每天都要烧香，冲兖州方向磕头。

也只有在这时，虾爬子开始后悔，干海鲜批发也能赚钱，干吗非得要盗窃文物呢？其实这三个月来，他们的海鲜干货批发做得挺好的，有时轻而易举就能赚到三四倍的价钱。虾爬子发现，兖州当地人对吃海鲜有极大的热情，光海参就有十几种吃法。他们可以刚开始订货时找当地的大酒楼，名声大起来后，北京、上海、广州客户也找他们订货，邀请加入海鲜干货批发联盟，从他们那儿购买海鲜小食品，定制海鲜干货礼品盒。反正干海鲜与鲜活海产品不同，不容易死亡变质，也不存在售后服务，只要进货渠道畅通，做到品种多样化，就不愁没有销路。

想着想着，虾爬子突然想起一个重大的疏忽。那包土炸药到哪儿去了？挖盗洞它完全没有派上用场，而且这玩意儿平时专门有人负责保管，咋就想不起它放哪儿了呢？是放在批发门市，还是放在了招待所的房间里？一时间虾爬子心乱如麻，又不敢给那四个人打电话挨个询问。这留下来就是罪证啊，万一爆炸了就更麻烦了，性质就从盗宝变成毁灭证据甚至是杀人灭口。想到这儿，虾爬子就再也睡不着了，直到东方发白，昏昏沉沉的虾爬子听到了奇怪的声音，它细小、短促而又此起彼伏，仿佛豆子们在说话。虾爬子一下想到了豆哑，对呀，为什么不跟她联系一下呢。于是，他爬起来给豆哑发了一条信息：还好吗？虾爬子哪能想到，就是这区区三个字，把自己给暴露了。

兖州警方早就得到消息，说文物市场有人试图贩卖从兴隆塔地宫盗窃出来的文物。经过有关部门批准，当地的文物部门连同公安部门决定对兴隆塔地宫进行抢救性发掘。打开地宫后，人们看到在塔基的斗拱间被破坏成了直径达40多厘米的盗洞。放置在地宫中央的仰覆莲花座的花瓣有两处破损，而且从破损处看，其年代也已经十分久远了。

地宫东侧竖一字迹清晰的"安葬舍利"碑刻，地宫中央有一直径0.26米、深1.7米的水井，井水清澈，一块唐咸通年间墓志铭碑加盖上方。此外，他们发现了两个明代的瓷碗，一个长颈琉璃瓶的碎片和几块瓦当。打开石函，里面只剩下一些铜钱和两颗佛牙，其余的文物显然已被窃贼洗劫一空。

找到盗洞，自然就找到虾爬子租的那间批发海鲜干货的房屋。然后，警方循着线索，找到了虾爬子他们住过的招待所。结果发现，虾爬子他们登记的信息全都是假的。由于招待所没有闭路监视系统，这伙窃贼没有留下任何影像。他们找到豆哑了解情况，但发现豆哑并不比他们知道得更多，线索似乎就这么中断了。但正在警方感到一筹莫展时，豆哑的电话收到一条信息，警方从中看到了破案的希望，并决定沿着这条信息顺藤摸瓜。这件事再说就没悬念了，是谁说来着，没有悬念就没有下文，故事也只好讲到这儿了。

但有一件事需要交代，虾爬子被捕时，他正在捏脚。在挖盗洞的那些日子里，这双脚完全使不上劲，虾爬子害怕以后他的这双脚功能会由此萎缩。好在捏脚工手法娴熟，让虾爬子时而腾云驾雾，时而狼奔豕突，爽得不亦乐乎。也就是在这时，从外面进来几个人，在核实过虾爬子的身份后，来人亮出证件，说是从兖州来的，虾爬子顿时就明白了。他没有反抗，也没有像传说中的，让他们等他把脚捏完了再跟他们走。他说的话跟其他嫌疑人一样：早知道有这么一天，但没想到来得这么快。他奇怪兖州警方是怎么找到他的，他哪儿会想到，如果不是那条信息，他虾爬子也许可以一生都在外面快活逍遥。

又过了若干年，已在服刑的虾爬子在与狱友玩的一次催眠游戏中得知，他和豆哑的前世最早是隋代兴隆塔落成时飞来的那对白鸟。70多年前，他们又成了一对新婚夫妻，那时俩人的身份地位悬殊，他们的婚姻并不被看好。结婚那天，俩人来到兴隆塔拍照，只不过此时俩人的性别发生了变化，豆哑是新郎，虾爬子是新娘。也就是说，在这个阶段的轮回里，虾爬子是女的。后来发生的一次意外事故，使俩人有一段未了的姻缘。虾爬子这才恍然大悟，难怪他不但知道兴隆塔有地宫，还熟悉地宫里的宝物；以及为什么头一次登塔时，看到周围的景象，他会产生一种似曾相识的感受。这也是为什么，自从他看到豆哑第一眼时，就坠入了情网，从而最终落入法网的缘故。

包子公园

之前从来不知道有这么一个公园，心想，无非就是一块绿地，种着一些花花草草，好一点儿的，还会有一洼水之类的。这样的公园在北京有很多，一般都挨着社区，当然是不收费的。附近的居民，权把它当成自家的后花园了。晚饭过后，拖家带口进去溜达一圈，一边放屁，一边打嗝，倒也其乐融融。

其实包子公园不叫包子公园，而是叫庆丰公园，建外SOHO往南走大概一刻钟就到。但是，由庆丰联想到包子也自然不过。公园门口的一块牌子上写着简介，大意是说公园里有一处庆丰闸（也叫二闸）的遗址，公园也由此得名。

那天是处暑的第二天，北京的天气好得不得了（文学一点儿的说法，叫秋意渐浓），而且离吃饭的时间尚早，我决定进去看看过去的水闸是什么样子。后来才知道，原来的庆丰闸早已经没了，遗址上只剩下一块御碑，一只镇水兽，另外还有一棵据说是曹雪芹种下的老槐树。之前就听说过，通惠河的东端张家湾一带，有曹家的老宅和祖坟，曹雪芹他老人家想必也有一些运河情结。

提起通惠河，也是说来话长。这是一条元代开凿的人工运河，跟京杭大运河的北端相连，为的是从南方往北京（当时叫大都）运送粮食。资料显示，元大都当年已有五十万至一百万人口规模，加上元朝人的饭量奇大，朝廷每年要从江南征集一千二百万石的粮食，如此多的粮食运到通州码头后，如何运进城里就成了问题。据说很多通州人畜一半以上都因此累死了，但依然忙不过来。朝廷从那时起，就欠通州人民一个说法。

修建完通惠河，运粮的问题就基本上解决了，河面上舳舻敝水千帆竞渡，一派繁华景象。难怪公园以帆船为主体，离东门不远处便可以看到一组巨大的风帆雕塑。我不明就里，还以为是雷达（就算是风帆，在人工运河也起不到多大的作用，正是那些大大小小的船闸，控制船的速度和流量）。

那么，从通州转运的粮食运到哪里去了呢？在查阅资料的过程中，我看到一幅地图，显示当年的通惠河直通积水潭。当时的积水潭可是一个大海子，远远超出现在人的想象，而庆丰闸就是通惠河上一处重要的漕运中转站。不但码头周边各种吃喝玩乐，旅店茶肆不说，还建了一座龙王庙，甚至还形成了一个村子。前一段时间，地安门十字路口东侧清理出一段运河玉河故道，当年通惠河就是由这里通向积水潭。

我曾经沿着故道走过一段，发现当年的积水潭就是现在的后海。

沈从文曾经写过一篇《游二闸》（不是油二炸），说的是又一次携友来到庆丰闸游玩，看到儿童将铁钱投进闸水之中，又跃入水中将铁钱捞出来的经过。我不由得联想，后来通惠河疏浚，打捞上来的物件中，就有当年的儿童没能捞上来的一枚铁钱。

沈从文这篇小文成自1927年，当时他老先生应该是25岁，在北京大学当旁听生。虽然之前已经出版了《边城》，在文坛崭露头角，但仍然没人把他太当回事。所以他整天百无聊赖，无所事事（按现在的话讲，就是一大闲篇儿）。不然的话，怎会无聊到来二闸看儿童扔铁钱？此时已是北京的深秋，运河两边的庄稼已经割过二茬儿了，通惠河早已变成一条臭水沟。正是在这个时刻，他老先生决定离开北平，去上海找胡也频和丁玲，投入新一轮的文学和爱情。

从公园的东门走到西门，并没有看到传说中的庆丰闸遗址，一打听才知道刚刚走了一半，要看水闸还要往西，大概一直要走到东便门。于是决定原路返回，这才意识到原来这条路西高东低，是有坡度的。但这个坡度非常缓，不注意根本觉察不到。正在胡思乱想之际，突然看到一列高铁在眼前驶过，原来包子公园的北侧是通惠河，南侧便是京秦铁路。奇怪的是与平时风驰电掣的情景不同，这列高铁无声无息，可能是要进站的缘故吧。

超级城市中的那些掠影浮光

我不敢说自己是北京人，只不过在这里住得比较久，但对这座超级城市的认识仍然很浅薄，不会用一句话概括它，虽然能正确断句北京人人大酒楼，却也经常会像初来乍到的外地人一样出门问路，特别是去比较繁华的东城和朝阳。比如我不知道三源里市场在哪儿，知道太古里后街是由三里屯 Village 改的，也是近几天的事儿。如果你问我北旮旯乡，还不如问外国人呢，这些基因尚未完全转变的马啃菠萝的后裔，早已经在北京偏僻的山村安营扎寨了，此时，也许他们正待在自己建造的农家院里，向游客介绍郊区的乡土风情。这就是北京，让人熟悉又陌生，就连胡同串子和出租司机也不敢说自己不会迷路。然而，正是这种陌生感，正好给那些整天琢磨着怎么好玩儿又不俗的人钻了空子，于是才有了这期绝佳的策划。它让读者在领略北京幽雅僻静一面的同时，还以为自己是误打误撞。

其实，要想玩得开心尽兴，说来说去答案就有一个，就是避开人多的地方，即便有的时候人也是风景。唐朝的北京，游人想必像今天这么多，不然的话，陈子昂也不会有前不见古人后不见来者之慨了。所以一定要记住，在抱怨周围人太多时，也是我们自己煞了风景。

以我的体会，一年之中，北京只有三四十天最舒服，那就是十月份，外加九月的结尾和十一月的开头，春天有几天还行（比如春分那天，把北京变成仙境的那场降雪），接着雾霾和沙尘就来了。因此，十月的北京是最值得珍惜的，老天爷对帝都的子民显得格外慷慨。据记载，其时有神秘星宿当空，佛放光加持一切谁，山川大地格外壮美，瓜果梨桃个个饱满，就连茄子扁豆都比平时好吃。虽然没看到具体文献，但以我的亲身经历可以证实所言不虚。我至今记得秋天最惊心动魄的一刻，就是在西山的山顶上，就着强劲的古道西风吃干炸丸子，仿佛一松手，丸子便自然进到嘴里了。

也曾在霜降之前上过香山鬼见愁，虽然红叶未红，天空依然湛蓝，仿佛国贸三期近在眼前。在这一点上现在的人比古人幸福，古人不管如何登高，也看不见城里的地标建筑，而自然界的风景永远是大同小异的，于是他们只好痛苦地回到内心了。

香山的双清别墅也住过几日，具体情况记不太清楚了，只记得因为是住在山里，因此醒得特别的早，四周有薄雾，院子里还有一条绿色的草蛇，四周静得能听见古人叩齿以及活动筋骨。总之，阴气较重，仗着年轻也就扛过来了。这正是一天中的卯时。

如果说古人的日常生活有迹可循，当代都市人的生活则毫无规律可言，他们当中有些人刚开始入睡，但有些人的生活从天不亮就开始了，潘家园的鬼市上依稀可辨认出他们憧憧的身影。这是北京最热闹的地方，地不分东西南北，人不分男女老幼，都会在这里聚集。虽然不能像白天那样挑选眼前那些稀奇古怪的物件，但人们仍可以从手指领略到青铜剑的一丝微寒，从一片汝窑的瓷片体验雨过天晴云破处的意境。至于我本人，说来惭愧，虽然也算得上那儿的常客，但每次去几乎都是在吃完午饭之后。不是贪恋床第，而是害怕在黑暗中看走了眼，从而坏了一世英名。毕竟，刚醒来时人的眼神总是茫然的。

下午才是一天中最从容不迫的时间。就算你没有喝茶的习惯，也要泡一杯茶消磨光阴。因为不知道何为光阴，就不配做一个光阴的匆匆过客。而如果说最好打发的是时光，最难打发的便是人生，这种心境只有在一个人独处时才能体会到。但并不一定非要在艺术区，因为北京的各种展览是看不完的，而最美最炫的永远是那些浮光掠影。千万不要浸淫其中，千万不要流连忘返，深陷进去的结果会让你轻则疲于奔命，重则麻木不仁。

黄昏的时候，站在景山看紫禁城是一个不错的想法，因为那些层层叠叠的金色屋顶就是为了黄昏而筑造的。但眺望落日就不必了，因为落日经常会给人以一种假象，以为它只会在一个固定的地方出没，殊不知它取决于你的位置，你在山上它就在山上，你在海边它就在海边。而所有的地方不过是它的背景。说到景山，除了有一年重阳陪父母登高外，其实最吸引我的两样东西，一个是崇祯皇帝自缢的那棵歪脖子松树，另一个是传说中的地下宝藏。可惜，一样已经不在了，另一样还没找到。几天前还在景山门口经过，发现门票才2块钱一张，便宜得让人撮牙。

最近有几次晚饭都是被人带到不知名的地方吃的，它们大多是处于半地下状态的神秘院落，地址说不清楚，胡同口有人接应，我觉得这种地儿不去一百次都记不住。而吃到的菜更是糊里糊涂，可能不是公开的经营场所，所以没有菜单，主人给你准备了什么你就吃什么，很可能是猪肉白菜馅饺子就比利时啤酒，让人感觉十分混搭。院子的女主人养在深闺，却已然学会了应酬。男主人一般都喜爱宠物，吃到好处时会发现身边蹲着一只大狗。主人不事张扬，客人也不求闻达，大家行事都有些低调。去这类地方吃饭的注意事项是不能迟到，不能带多余的朋友。北京这样的地方越来越多，并逐渐形成新的文化，跟传统的苦中作乐连吃一碗炸酱面都有说头有讲究不同，也没有那种爱谁谁的大爷派头，反倒有南方人的那种精致周到。刚开始还不太适应，醒悟后才知道自己不过正置身于历史的另一处犄角旮旯。

如果回到若干年前，晚饭后一定会再找个地方释放身上的剩余能量（通常都是正能量），或喝酒或玩牌或鼓噪，现在一顿饭就能吃得精疲力竭，觉得与其继续游荡，还不如去听听虫鸣，或者抬头看发光的风筝。它们就像《山海经》中的怪兽一样悬浮于帝都的夜空，让人恍惚感到自己正置身于魔兽王国。在十二时辰中，此时为精气发生之时，老鼠们趁夜深人静开始出来活动，老虎也开始两眼放光，而那些游玩了一天的人们，则应该回到各自的温柔乡安置睡眠了。

宠物墓园

就在半个多月前,世纪坛附近被毒死了七只狗。因为离得近,我和鸭姐经常在晚饭后逛玉渊潭公园,世纪坛是必经之地。每次都能看到很多狗狗在世纪坛草坪上玩耍。自从发生毒狗事件后,偌大的草坪上一只狗都不见了,就连练习轮滑的孩子们也消失了。当时是个周末的黄昏,应该是平时最热闹的时候,此时却空寂得吓人,草坪东侧的秋千在闲荡着,一个六七岁的小女孩从小径的尽头,骑着一辆很小的自行车,穿过沉闷的空气,无声地向我们这边驶来。她面无表情,脸色惨白,戴着一副空洞的眼镜,就像一个死亡天使。我跟鸭姐都被眼前的这副情景惊呆了。

还有一个走在我们前面的瘦高的青年男子,背着一个挎包,一边看手机一边四下踅摸,仿佛暗中寻找着什么目标。鸭姐低声跟我说,她觉着这个人十分可疑。我觉得也是,不过,现在这种无所事事的青年人随处可见。

再往西走,就是中华世纪钟。这口五十吨重的大钟,看上去就像一口倒扣着的沉闷的大锅。它铸造于20世纪末,上面的铭文记载着中国20世纪发生的重大事件,从义和团运动到港澳回归。上一次撞击,估计是在新年到来前的除夕之夜。

大钟附近的草坪,就是传说中的投毒现场。后来有人还在草坪上找到了一截残留的香肠(看着与普通香肠无异),投毒者的目的显然就是冲着狗狗而来,因为掉在地上的香肠再馋的人也是不会捡起来吃的。据说吃了毒香肠的狗狗便会抽搐倒地,即便送到宠物诊所,也会不到一小时就死去。这次被毒死的狗狗中有博美、金毛和拉布拉多(好像还有杜宾)。就在一个月前,这片草坪还是它们的乐园,最多时应该不下四五十条。它们在上面追逐嬉戏,叼球或者接飞盘,大狗不喜欢跟小狗玩,但从来不欺负小狗;公狗闻母狗的下体,母狗如果不愿意,便一屁股坐在地上。公狗无计可施,徘徊片刻后便会悻悻离去。很少看到狗狗随地便便(即便有,主人也会马上清理),更看不到它们攻击路人。

这片草坪有个笼统的名字,叫中华世纪园,世纪园三个黑色的大字镌刻在入口处一块巨大的汉白玉石头上面。每次看到这块巨石,我的心中便会产生某种不祥之感,把它跟公墓联系在一起。树木之外,园子里还有一些花花草草。我最喜欢园中的丁香,但它们四五月才开(现在开的只有紫薇),不过现在的丁香跟过去的不一样,已经没什么香味了。

　　草坪的草叫沿阶草，耐热耐寒，长势强健，叶色四季常绿，栽种技术简单，北京大多数草坪栽的都是这种草。说草坪不能践踏，那完全是胡扯。就算没读过白乐天的《赋得古原草送别》，也知道草有着强大的生命力，远远没有那么娇贵。像世纪园里这种小块的草坪，连景观都算不上，顶多是环境的一部分。沿阶草跟野草的区别，除了能入药能开花外，就是有人定期修剪。不光是狗狗，周末的时候，有很多人在草地上搭帐篷，举办草地上的午餐。

　　世纪园里的树木有银杏、海棠、丁香和玉兰，几棵榆树年头最长，树上有喜鹊窝，也能看见乌鸦和麻雀，偶尔也会有一只类似鸥鹭的水鸟掠过。因为世纪园北侧就是玉渊潭，狗狗不能入内，但偶尔也会看到一只半只，被主人偷偷带了进去。但公园里经常能看到流浪猫，主要集中在公园北边（靠近狗子家那侧），有中年妇女定时给它们喂食。此外，狗子说公园北侧还有一家癌症病人疗养中心，它的上方常年飘浮着一朵乌云。

　　近半年在公园东侧，靠近玉渊潭派出所附近，也能见到几只流浪猫。这次毒狗事件中，流浪猫也未能幸免。就在前不久发生了这样一件事，我们小区（门球场边上）有一只流浪猫产了四只小猫，但母猫没多久就被毒死了，四只小猫死了三只，另一只小猫不知去向。如果它还活着的话，想必肩负着向人类复仇的历史使命。

　　军博的南边有一家博望宠物医院，我家的狗狗生病就会去那儿看，平时我和鸭姐也会去那儿买狗粮，每个月还会带着狗狗去那儿剪指甲。这次本以为狗主人会把中毒的狗狗送到这家诊所救治，因为从世纪坛到诊所走路也就十多分钟。但是值班护士都说没有接到这样的病例。倒是出事以后，有一个狗主人带着狗狗来诊所美容。她庆幸地告诉护士，平时每天她都会带着狗狗去世纪坛遛，出事的那天她正好有事没去，不然的话，也很难幸免。

我问护士，如果遇到这种情况，她们会怎么处理。她们说也没什么办法，也就是洗胃，连吃维生素 B6 这种疗法都没听说过。她们说，狗狗中毒后，基本上很快就不行了。

说到玉渊潭公园，毒狗事件前还发生了一件溺亡案，一个中年男子下水后就没再上来。很快，来了几辆警车、消防车和一辆救护车。这才知道消防队员原来不止救火，还负责捞人（人比猫狗重要）。当时我们正好经过事故现场，警察在几棵大树间拉起警戒线，当时已是傍晚时分，溺水者的妻女在岸边向湖中心翘首以盼，湖面静得出奇。

过去玉渊潭岸边常年矗立着一块木牌，不断更新着最新的溺亡人员的数字。可能因为这种做法太过惊悚，这块牌子后来就没了。倒是那些不惧怕死亡的人，每天仍然在浑浊的湖水里坚持锻炼，周围发生的死亡，似乎跟他们都没关系。

后来我跟鸭姐又去过一次世纪园，正值 8 月中下旬，还没出伏。能听见树上的蝉鸣，花坛里的月季和路边的玉簪开得有气无力的，一只黑色的狗在草地上孤零零地奔跑，它的主人在一棵大树底下跟人玩牌。在花园小径交叉处，一个男子在打太极拳，还有几个少年在草地上踢足球。

靠近世纪钟的地方，几丛狼尾草远远望去就像是一片芦苇（它们比狗尾草高出很多），它们的上方，飞着很多蜻蜓。海棠树上结出很多青色的果实。相比之下，树上挂着的黄色的粘蝇纸更引人注目，它们就像一片片经幡，在为无辜死去的狗狗们招魂。

第九交响曲

虽然旅行跟人生不是一回事，但恰恰有人喜欢把人生比喻成旅行。在一辆疾驶的列车上，有人上车，有人下车，没人从头到尾陪伴你完成人生这场旅行。到了最后，你也不得不在属于你的那站下车。

人无法预见自己的生死（死之前也许会有预感），所以有的人把每天都当成最后一天过，整天醉生梦死的，多活一天就算是抄上了。这种活法虽然潇洒，但是也有一些问题。头天以为自己会死，第二天醒来发现自己还活着，但兜里的钱造光了。我年轻时也过过一段这样的日子，所谓人越年轻越不懂得珍惜，现在身上还留着那时的影子。如果可能的话，我准备把我未来最后的三天拿出一天，专门用于后悔（或者忏悔）。

今年五月初的时候，有一则轰动世界的新闻。澳洲一位104岁的名叫古德尔的生态学家选择去瑞士安乐死，据说他不想继续活下去的原因是不快乐，以前生活中的小火花现在没了，日益下降的视力让他很难再读电子邮件，不但乘坐公交费劲（健康问题成为安全隐患），也不能再去参加业余剧场的彩排。九十岁起，他就不能打网球了，而且他的大多数朋友都已离世。从这些描述中不难看出，他老人家的健康状况不算糟糕（甚至生活还可以自理），而且生活内容丰富多彩。要是换了别人，肯定还会继续活下去。但是古德尔先生不这么想，他在过完自己 104 岁生日宴会，吹灭蜡烛许下人生的最后愿望：我想去死。

毫无疑问，这是我听到过的最牛逼的生日许愿。一般人的生日许愿都是健康长寿之类的。不过，对普通人不应过分苛刻，世界上有多少人能活到像古德尔老先生那么大岁数。

根据相关的新闻报道，他老人家在家人的陪同下，先去了法国波尔多拜访亲戚（估计在亲戚那儿得到不少鼓励，这些亲戚跟他一样想得开），然后去了瑞士巴塞尔一家小诊所，结束了自己漫长的生命。实施安乐死之前，这个活腻歪的长寿老人还吃了最爱的鱼薯条和奶酪蛋糕，还听了平时喜欢听的贝多芬第九交响曲。感到自己不快乐的古德尔先生，终于有了一个快乐的结局。

宋朝有个名叫邵康节的牛人。一则笔记中载：宋熙宁九年（1076）夏，洛阳邵康节先生于安乐窝中卧病。采花独酌间，忽见家中墙边有一把朴刀无故向南而倒，而院外有大雁之声自北而来，邵便叹息云："北气南袭，刀卧雁落。五十年后，国将亡也。"后北宋果然于 1127 年亡于金。

有人认为，这都是那个姓邵的乌鸦嘴妨的。

笔记中记载，康节先公出行不择日，或告知以不利则不行。盖曰：人未言则不知，既言则有知，知而必行，则鬼神敌也。活得真够累的，如果每个人出门前都像邵先生那样思前想后，旅行社就别干了。邵康节1107年卒于洛阳，这一年正是北宋大观元年，宋徽宗赵佶的年号。他没能等到北宋亡国那一天，临终前他突然笑着说："我要看万物轮回去了。"

说到我未来最后三天，如果能自己做主的话，我任何地方都不想去。像个修行的人那样，不吃不喝（免得肉身拖累灵魂），整天坐在院子里看天，似乎在寻找灵魂未来的去向。在夜晚的时候，也许我能找到属于自己的那个星座，我是天秤座，这个星座让我饱受折磨。其实，人死之后的事情上天早已安排好了（比如游奈何桥），我认为之前不必操劳。但是想一想还是可以的，比如我的前世是个外星人（这一点我早已经忘了），突然看到外太空有一个飞碟来接我，直到这时我才知道了自己的身世之谜，搞明白了自己的前世今生。但是，做俗人做了这么多年，难免会落下一些毛病。比如我希望把我带往外太空的座驾能宽敞舒适些，最好是头等舱，而且能有美女伴游（这在日常生活中也能做到，用一句网络上的话说，贫穷限制了我的想象力）。

这当然是玩笑，大多数人的余生都是在医院里躺着。不过也有例外，一篇文章里说一个人上了一趟卧铺车，看到一个年轻人把一个老者从卧铺上背下来下了火车。后来他才知道，老者刚刚死在卧铺上，背他下车的正是他的儿子。关键是这个后来上火车的人，当天夜里就睡在老者刚刚睡过的那张铺位上，也不知道这张铺是温的还是冷的。

邯郸

临时改变主意,逃离铁皮车厢,抛弃车上的朋友,改乘汽车。在蒙蒙细雨中上路,在涿州改走国道,路面有雾,有大树倒伏。经过保定,再到新乐和定州,经过事故多发地段,让开猫狗甩掉开道的摩托,让车里的异味儿瞬间加重,让表情凝固。而收割机则像庄稼一样望不到头。

在石家庄重走高速。

早就学会了以自虐的方式,向历史文化致敬。不顾炎热,喝当地人推荐的酒,看当地人不看的风景。在街边小店吃完驴肉火烧,在夜晚唱歌时跑调,就如同在山底下遭遇滑坡。就这样时光倒流,一梦醒来,铜雀台上,早已人去楼空。

吉韧和风马旗

凡是往返于拉萨与樟木之间的人,一定会路过定日,在定日宾馆住上一宿后,第二天接着赶路。时间富余的,还可以去参观绒布寺。我1985年在西藏当导游,去过定日无数次,每次都住在定日宾馆,当时这家宾馆是定日唯一能接待外国旅游团的。印象中宾馆有两层,西藏传统建筑风格,条件比较一般。阿坚几次跟随地质队登珠峰,住的也是这家宾馆,在他印象中,有院子有回廊。他说他们的基本线路是从日喀则到拉孜(在拉孜可以看到雅鲁藏布江上用钢丝拴住的驳船,不然船会被江流冲走),然后经过嘉措拉山口(可以看到珠峰),而后便进入定日。定日宾馆在定日的协格尔老城,这个地方离珠峰最近,很多登山队都是从这出发攀登珠峰。阿坚说珠峰大本营海拔5200米,他上过5700米,用温水把鸡蛋煮熟。原来,阿坚在地质队当炊事员,熟知当地蔬菜的价格,以及香烟比内地贵多少钱。

印象中定日只有一条主要街道，夜间街边的店铺全都关门了，但是在街上闲逛时发现居然有酒吧开着。1985年就有酒吧是不是很奇怪？其实不然，在定日，很多藏人是从印度或者欧洲回来的。他们把国外的生活方式带回西藏，比如在庄园里组织舞会，听留声机，以及打网球等。当地人喜欢玩一种叫吉韧的游戏，便是20世纪50年代由克什米尔穆斯林传入西藏，是克朗棋的变种（据说有三百多年的历史）。吉韧藏语的意思就是手弹台球，在一个长宽各约一米，类似围棋盘的木盘上，把九个黑色九个白两色的塑料小圆片弹入四角的洞内，洞底下有小网兜接着。我虽然是新手，但也玩得上瘾，经常一玩就是一夜，直到把手指头弹出水泡为止。其实不仅在酒吧，在西藏的甜茶馆，也经常能看到人们边喝青稞酒边玩吉韧。

吉韧的来历，我在贺中那里得到佐证。当年他在西藏旅游局负责管理我们这批不听话的翻译、导游，我当时对他没有任何印象。若干年后我们成了朋友，这是后话。

在定日闲得无聊，便用喝酒打发时间，整天把自己喝得晕乎乎的。一天夜里喝完酒，刚回房间躺下来，就听说团里有一个游客犯心脏病。这个游客三四十岁，看上去身体很棒，每次外出，都走在团队的最前头。不过，这也正常，之前就听到一种说法，身体越好就越对高海拔的气候不适应。深更半夜找不到医生，只好去宾馆附近的居民区挨家挨户敲门求助。当时，当地居民住的都是土坯房，很多人家养着狗。最后，这名游客竟被一个西藏的兽医治好了，也不知用的是什么药（这件事我在另外一篇文章里讲过，后来听说，有一种金珂藏药专治心梗）。那名游客对我心存感激，临别时把他身上穿的夹克衫执意送我。现在想起来，就算宾馆里没有医疗设施，县里应该有藏医院，为什么不去藏医院呢？但是如果去了藏医院，也有可能就来不及了。

我带的这个欧洲团是从拉萨出发，经日喀则和定日，从樟木口岸出境，然后再从樟木口岸接团，按原路返回拉萨。

樟木口岸地处峡谷，四面环山（或者三面环山），樟木宾馆就在口岸的边上，站在宾馆门口，便能看到希夏邦马峰的峰顶。风景虽好，但宾馆的饭菜却不好吃，经常是早餐的咸菜中午炒炒，晚餐再把中午的剩菜做成汤。当时在西藏主要吃川菜，很少能吃到地道的藏餐。一次在拉萨饭店吃到牦牛肉烩，就是把生牦牛肉做成肉糜，再佐以酥油等当地的调料，真是好吃无比。回到北京后，不管是在玛吉阿米还是珠穆朗玛宾馆的餐厅，都没吃到过这道菜肴（相比之下，牦牛肉干倒是十分常见）。

前面说过樟木宾馆就在口岸边上，出宾馆右转没几步，便是樟木口岸，有一条道路直通尼泊尔的加德满都（路程约90公里）。站岗的士兵很和蔼，问他能跨过边界吗，他微笑着点头。于是，我便越过边界线，在尼泊尔的国土上来回溜达了几步。有时没事，便爬爬山（寻找冰川遗迹）或者在镇子里转悠转悠。当年镇上的人不多，看上去甚至有些萧条（阿坚说他大概九年前又去过一次，镇子上热闹非凡，来自四川的姑娘和尼泊尔的舞女随处可见），印象比较深的是家家户户的房子铁皮屋顶上都飘着风马旗。据说，风马旗是古象雄时代遗留下来的雍仲苯教的习俗，旗子上多是经咒，边上系着画有风马的布条，据说是为了利于经咒传播到各处。其实，如果留意观察，便可发现布条上画的不光有马，还有四脚蛇、藏鸡和驴。藏鸡跟内地的鸡有所区别，这种鸡生长在高原地区，体型轻小，生性好斗，尾羽发达，善于飞翔（感觉尚未完全驯化）。那时候年轻，不注意这些细节，只把它当作一般的家禽，经常能在看到它们在街边啄食，没见西藏人特别把它们当回事儿，也没有因为它们好斗就训练它们斗鸡赌博（也许有我不知道的）。

高大师去过十几次西藏，主要是转山，但也去过定日和樟木（在定日好像也是住定日宾馆）。他家狭小的空间里，摆满了各种来自西藏的文物，从唐卡到擦擦。其中就有一块风马旗的木雕板，上面刻满了经文，正中间是一个正方形的图案（具体是什么我忘了）。在他写的有关西藏的众多诗作里，也有一句是写风马旗的："红色的面孔让风马旗噼里啪啦。"

家里来且啦

笨鸡人参汤

在桓仁枫林谷附近的农家院喝过一次笨鸡人参汤。笨鸡的说法令人困惑,觉得它是从笨蛋一词引申来的,并不属于鸡的一种,抑或当地有更靠谱的说法。不管怎么样,那天上午的天气时阴时晴,阴的时候冷得不行(有人甚至穿上棉袄,戴上棉帽),一碗笨鸡人参汤下肚,马上就暖过来了。

就在头一天,大队人马在参观过桓仁博物馆后,爬到五女山顶去鸟瞰桓龙湖。听说要上很多级台阶,我想,与其爬那么高的桓龙湖,还不如去湖边走走。从景区南门到湖边要走三公里多,其运动强度不比爬到山顶小多少。我和阿坚沿着山路一直往下走(阿坚找了根树杈当拐棍),发现林间有很多地方用铁丝网围着,有的铁丝网上还系着红布小绳。看到有木牌上写着提示：林下参地，严禁入内。违者重罚5000~10000元。这才知道这些地方是栽种人参的，再往前走，又看到密林中有看护人住的小木屋。

人参大概分几种，我们看到的应该是山参种植林地。山参喜在阴中有阳或者半阴半阳的山林中生长，对土壤、温度、水分等生长条件要求严苛。清朝以前，人们可以自由进山采摘，建县前，桓仁地区被封禁，如有违禁者，轻者杖责枷号、罚做苦役，重者永远枷号甚至处以死刑。偷采者为避官府耳目，把采参叫放山或挖棒槌。其中有很多忌讳和说头，比如放山人数必须限制在3~11人，等等。经过充分准备后，一行人由把头带领进山，根据经验，山中树头新秀浮绿，草木枝叶茂盛的地方，可判定为山参生长之处。那时候的山参应该是野山参，吃下去会流鼻血的。野山参的传播方式也很特别，据说主要是靠鸟的排泄物，鸟吃了山参的种子不消化，排泄在什么地方，山参就在那里生根成长。

下山的途中，走在前面的阿坚看到路上有一条蛇，当地人叫它野鸡脖子，学名叫紫斑颈虎斑颈槽蛇，因为它脖子以上是紫色的。阿坚以为是草蛇，没毒，其实是毒蛇。它显然是过马路时被车轧死的。十月份天气变冷，山下的蛇会回到山里冬眠。这在过去如果换成放山的，遇到蛇就要喊"钱串子"。后来在冰壶沟，阿坚在下山的路上又看到一条一尺多长的黑眉蝮蛇，阿坚弯腰观察时，这蛇还冲阿坚吐信子。当地人管这蛇叫小豆粒，遇到危险时（如遇到老鹰）

会迅速变臭，以便将天敌熏跑。这种蛇剧毒，被它咬一口会当场毙命。所幸还没等它放出臭味和毒液，便把阿坚吓得拄着拐棍连忙跑开了。

这个阿坚我必须多说几句，来桓仁我跟他住一屋。他抽烟不断不说，整天还开窗户透风，全然不顾我的床正冲着窗户。先是用烟熏，然后用阴风吹，你以为我是腊肉呢。阿坚还有一个习惯，就是喜欢拿房卡，不管我在不在屋里，抽出卡就揣兜里，置我于黑暗中。出游的时候，阿坚还喜欢脱离大伙独自行走，所以说，他不遇到蛇谁遇到蛇？

蛤蟆的油

在桓仁的教育园宾馆吃罢晚饭，有人提出到马路上捡蛤蟆，其实就是抓林蛙。根据林蛙的习性，九月中旬到十月中旬，正是它们从山上回到水里冬眠的时候，要等到第二年的四月份听到雷声才会苏醒。而且来来去去，走的都是同一条路线，就连跨过的溪水都是同一条（大概要在溪水里产卵的缘故吧）。

抓林蛙很简单，拿手电一照，林蛙就趴在原地一动不动了。林蛙要用四五年时间才能长到一两多重，抓到小的林蛙，当地人会将其放生。还有，林蛙要等下雨天才会迁回水里或山上。当地人管公的叫公狗，母的叫豹儿。

所谓蛤蟆油，其实就是成熟雌蛙的卵巢，用温水泡发后状似脂肪。小的时候家里经常吃蛤蟆油，做法是跟银耳放一起炖，估计是因为银耳的口感跟蛤蟆油类似。再加上冰糖、莲子、红枣或者枸杞。那时并不觉得这东西有多么金贵，怎么来的也不知道，很可能是东北的亲戚送的。只记得一家人围坐在桌旁，吃得十分享受。现在才知道，蛤蟆油可以增加人体的免疫力，就是我们平常说的大补，功效强过人参数倍乃至数十倍之多。

现在的蛤蟆油，价格在 1000~3000 元不等，块越大颜色越白的价钱越高。当地流行一种更简单的吃法，就是把蛤蟆油用水泡发后，放在小碗里用蒸锅蒸。泡发时间大约需要半天，蒸的时候可以放蜂蜜或冰糖，也可搁少许料酒。我趁机提出有机会尝尝蒸蛤蟆油，边上组织这次旅行的《航空画报》的程远假装没听到，扭过头看着窗外做沉思状，当地陪同的文联姜主席也未吱声。当然我是在开玩笑，相信桓仁很少有餐馆会卖这道菜（严格说是补品），只能袅悄在家里早上空腹或晚上临睡前吃。不过，在饭店可以吃到母豹蛤蟆，炖粉条或豆腐或土豆都好吃（后来听说，哈什蚂为清宫山珍，只有下首场雪或结冰时才能吃。现在的哈什蚂真假难辨，当地人很少食用）。

突然想起来，黑泽明的自传就叫《蛤蟆的油》，说自己到了晚年回顾往事，感觉就像镜子里的那只丑蛤蟆，不禁惊出一身油。这句话就印在书的封底。

酸汤子

根据《桓仁县志》介绍，酸汤子是一种传统满族食品。秋季新粮成熟之后，桓仁农村几乎家家泡酸汤子，做法是用玉米整粒入缸加水浸泡，大约20天，如果冬季，时间还会长些，直到玉米粒涨得滚圆，缸里的水也长了一层绿毛，味道更是远远闻着奇臭难忍，以致有人说到它时还直捂鼻子，说如果知道这些未必还敢吃酸汤子。但喜欢吃酸的人，还会有意把发酵的时间再度延长，直到臭到不能再臭为止。

发酵后的玉米粒用清水冲洗，去掉酸味，用石磨磨成浆糊状，然后再放入清水中沉淀，同时滤去渣皮。倒掉多余的水后，即成汤面。怪不得吃起来那么有弹性而且滑溜，本以为里面加了面粉之类的，实际上就是纯玉米面。本来只知道苞米面能做窝头和贴饼子，想不到还能做面条。看来，对这种食材不得不刮目相看了。

据说，过去的酸汤子是用手捏的，吃的时候，锅里先烧开水，左手握着一团汤面，用右手挤压，挤出的汤子条直接入锅煮熟，捞出盛碗，拌入炸酱就可以吃了。炸酱可以是肉炸酱，也可以是鸡蛋酱或者葱花酱。挤压的时候，要用汤子套套在左右大拇指上，这个我只是听说，并没有见到实物。现在的汤子条大多是用机器压的。

在桓仁我第一次吃酸汤子，不知道怎么吃，差点儿闹出笑话。先是把汤喝了，觉得除了酸没有其他味道（接近老北京豆汁）。剩下的汤子条就更不知道怎么吃了，尝了一根，味道寡寡的，发愁如何把一满碗吃掉。经指点才知道要蘸桌上的鸡蛋酱，果然好吃多了。之前就注意到那碗鸡蛋酱，但不知道是用来蘸什么的（还以为蘸黄瓜条、萝卜条）。

汤子条还有其他的做法，桓仁的一些小餐馆里有一道叫炒碴子的菜，就是把汤子条跟韭菜或圆葱肉丝一起炒（在丹东则是放蚬子、海肠等海鲜，但是都有韭菜）。这道菜可惜没吃过，下次来桓仁，一定要吃一次。

当然，桓仁县的满族美食远不止酸汤子，还有白肉酸菜血肠、牛舌饼以及大黄米干饭拌蜂蜜、白糖和猪油。特别是大黄米干饭拌蜂蜜、白糖和猪油，据说是桓仁农村过去招待客人的上好饭食（亦有大黄米干饭配炖鸡肉一说），以前没吃过，这次从枫林谷下来，在一家农家院吃午饭时吃到，简直好吃得无法形容。但是，需要注意的是，吃大黄米干饭一定要趁热，否则大黄米会凝滞在肠胃里头。

桓仁县的满族占全县人口比例百分之五十三点多。明永乐二十二年，满族先世女真首领李满柱率千余户女真人，从奉州迁到婆猪江（也就是今天的浑江）中游一带，居住在兀剌山城之南麓翁村，成为建州女真进入辽宁地区的最早住地，奠定了建州女真定居辽宁的基础。清初，居住在桓仁一带的满族人大多"从龙"入关，现住满族多系同治年间前后，因生活困难到此开荒的"占山户"的后裔。

四世同堂

到桓仁县的当天,就吃了一道小神仙,实际上就是油炸柞蚕茧,由于介于蚕与蛹之间(或者说刚结茧壳,挂在柞树上),才有了这个名字。后来还吃过一道尖椒炒蝉肉,就记不得跟柞蚕有什么关联了。据说桓仁还有一道菜叫四世同堂,食材是柞蚕的虫、蛹、茧、蛾。柞蚕的每个蜕变阶段都能入菜,特别是雄蚕蛾大补(主要是壮阳),雌蚕蛾里面有籽,吃起来嘎巴响。这听起来有些残忍,而且四样凑齐了颇不容易。

一天,参观完冰壶沟后,在当地一家名为邵家饭店的餐馆,我看到柞蚕的蚕蛹和豆绿色的蚕虫,想必这两样跟四世同堂有关,幸运的是午饭没点这道菜。

桓仁是辽宁的柞蚕产区之一。旧县志记载,光绪三十二年(1906),全县卖往外地的柞蚕茧为60千粒,卖出的柞蚕丝为78公斤。宣统元年(1909),知县马俊显大力提倡种柞养蚕,曾专门拟定章程,规定全县各地"分屯堡之大小,定种(柞)树之多寡",并从宽甸县雇佣蚕师买蚕种,指令每户"家有四名口以上者,养蚕五千个。八名口以上者,养蚕十千个",对格外多种多养者给予奖励。

那么,蚕师为什么要专门从宽甸县雇佣呢?原来,宽甸比桓仁有更早的养蚕历史和更好的自然条件,而且两县在地理位置上毗邻。相传,有一年宽甸放养的柞蚕之多,居然把山上的柞树叶都吃光了,县衙这才想到退蚕还林,桓仁县柞蚕就是在这种情况下从宽甸翻山越岭,来寻找新的柞树资源。

至于柞蚕跟桑蚕有什么区别。首先柞蚕足有20克重、3~4厘米长,桑蚕就那么一小点儿。最大的区别是柞蚕吃柞树叶,桑蚕吃桑树叶。我们这代人小的时候,都有过养桑蚕的经历,记得最重要的是桑叶上一定不能沾水,因为蚕宝宝吃了带水的桑叶就会拉稀致死。再有就是出于忌讳,不能在自家院子里养桑树。所以,大多数桑树都是野生的。

桑树每年会长桑葚,不知道柞蚕树长不长这种果实。

抗联煎饼

那天大家登五女山,下来的时候说山上有个煎饼摊,卖的煎饼别提多好吃了,每个人都吃了一个。因为我没跟大家上山就没吃上,时值中午,听得我馋馋的,恨不得上山买一张。

打听一下,其实他们吃到的煎饼并无特别之处,无非就是黄瓜条、大葱、生菜、香菜,外加东北黄酱,煎饼是用玉米面糊摊的,5块钱一个。桓仁的煎饼跟北京不一样,里面没有果子(也就是油条),但是诱人。

第二天上午去冰壶沟,这是一个新开发的看枫叶的景点。原来这里有个兵工厂,生产56式半自动、63式全自动步枪,山下还有一个靶场。兵工厂 1982 年才搬迁。

冰壶沟景区的主峰老秃顶子海拔 1367 米，是辽宁的最高峰。当年抗联就在这一带活动，山上还有一个旧址（一间茅草房）。这个地方离中朝边界很近，仍然能感受到一丝紧张气氛，从山下就能看到山顶上的一个雷达站，一架战斗机呼啸着穿过厚厚的云层。同行的老袁说，几年前曾经有一架来自朝鲜的战机，坠毁在抚顺海浪乡的麦田里，机毁人亡。飞机在下坠的时候，还撞坏了农户的一间民房，据说当地政府还给了那个农户一些补偿。

特意请来乡镇人大主任老吕给我们讲解。老吕今年 63 岁，跟阿坚一般大，这些年他一直搜集抗联的资料，他的一个大爷曾经参加过抗联少年队。他给我们讲了很多抗联的故事，说当年条件相当艰苦，吃不上喝不上，最后把马和骡子都给吃了。但最有名的是抗联煎饼，因为煎饼扛饿，耐储藏，又便于加热、携带。当年的煎饼什么都不卷，或者卷一些大酱和酸菜。现在桓仁有一家抗联煎饼厂，生产的煎饼多是大米面的，再掺入一定的芝麻、绿豆、黄豆、花生、黑米等变成不同的口味，吃起来更劲道一些，一箱 48 元，一般超市就能买到。过去基本都是苞米茬子磨的面，好像还要生的熟的掺在一起磨成糊糊。

老吕说，1934 年前杨靖宇曾经四次来这里建立根据地，金日成也曾经来过这儿。当年山上一共有四方胡子，他们打着各种旗号，有的白天种地晚上抢劫。杨靖宇把他们召集到一块儿联合抗日，所以有人认为，抗联是由土匪演变来的。老吕还教给我们一些胡子的黑话，大米饭叫抻腰子，饺子叫飘洋子，蒸饺叫二人抬，包子叫马牙散，小碴粥叫一锅炼，小鸡叫翻毛子，此外，放屁叫甩汛子，撒尿叫放水，拉屎叫甩洋子，老洋枪叫火喷子，大多都带个"子"字。

临走前最后一顿晚饭，细心的接待方特意给每桌准备了一份煎饼卷大葱，煎饼是发面的，卷的是小葱和黄瓜条，并且用榄菜和虾皮代替黄酱。

红蘑土豆

这回吃过一道叫红蘑土豆的菜，具体做法是将红蘑跟土豆烧在一起，手法虽然粗糙，但是非常好吃。桓仁当地的土豆不大，但是又甜又面，不管是烧着吃还是跟地瓜、茄子在一起蒸，都令人欲罢不能。红蘑的表现就更不用说了，后来又吃过一次红蘑炒肉，觉得红蘑这种食材虽然珍贵，但是性情随和，怎么烹饪都行。

红蘑就是红色的蘑菇。这种蘑菇很怪，看上去是长在油松林的土壤里，其实是因为土里有油松或油松根部的腐烂物质。所以，红蘑在东北又叫红松蘑或者松树钉。但并不是所有的油松林里都长红蘑，有的油松林里一个红蘑都不长，有的油松林，红蘑一茬接一茬，可见其对生长环境之挑剔。

去五女山那天，司机于师傅在景区南门停车场，不到一小时就在路边的油松林里采了一袋子红蘑，放在地上清理、晾晒，让路过的行人好生羡慕。我问师傅红蘑晒干了好吃还是鲜的好吃，师傅说当然是晒干了好吃，经过晾晒的红菇吃起来才有味道。

在桓仁，除了红蘑外，还吃了猪嘴蘑和羊肚蘑。羊肚蘑跟排骨炖在一起，也是在枫林谷附近的那家农家院吃到的。院子里拴着两条狗，一只大母狗和它的小狗。一开始母子俩还冲我叫，等我喂了它们排骨后，它们就开始对我友好了，走时眼神中透着不舍。

之前也吃过红蘑，印象中它长在南方的乱石滩上（可见记忆不可靠），好吃倒是好吃，但总能吃到沙子，吃的时候老是提心吊胆的。我家楼下有一家餐馆，单独辟出一张菜谱做红蘑系列，但吃着都不如桓仁的红蘑好吃。后来那张红蘑菜谱没有了，餐馆仍保留了葱烧红蘑和干锅焗红蘑两道菜，但我至今还没有勇气去尝试。

鲶鱼烧茄子

鲶鱼跟茄子在一起是绝配，跟鲶鱼炖在一起的茄子不但入味，而且还没刺，可以放心大胆地吃（主要是非常下饭）。桓仁当地有两种茄子，一种是绿色的圆茄子，一种是长条紫茄子。当地人比较喜欢吃长条紫茄子，不光是炖鲶鱼，炖其他的种类的鱼也都用它。但是如果做茄盒，恐怕就得用圆茄子了。不过，我还是心生好奇，为什么圆茄子是绿的，而在北京吃的圆茄子大多也都是紫的。但这个问题可能一时弄不清楚，话到嘴边没说出口。

后来我才知道，其实东北人不太爱吃鲶鱼，特别是上了年纪的更是膈应，不但嫌它有股土腥味，还认为它勾老病。意思是说鲶鱼发性太大，平时没事，一旦吃了鲶鱼，什么偏头疼、咳嗽、哮喘之类的都来了。其实，这次在桓仁吃过很多种鱼，比如鲤鱼、鲫鱼、嘎鱼、鲢鱼、秋生鱼、明太鱼等，有的鱼是当地产的，有的鱼是从别的地方运来的（明太鱼就是来自丹东）。当地导游隋媛媛说，前些年曾经在桓龙湖捕捞到一条228斤重的大花鲢。还有一年发洪水，鱼都从浑江水面跳出来，随便一捞就是一大网。

浑江在汉代称盐难水，明代称婆猪江，我觉得都比现在的名字好听。

从丹东来的不光是明太鱼，还有蚬子。蚬子分黄蚬子、白蚬子和花蚬子。黄蚬子是在沈阳吃到的，到沈阳那天去老四季吃饭，门口就卖黄蚬子的，整齐码放在塑料餐盒里（底下还垫着蔬菜叶子），一问价居然30块钱一盒，因为是去掉壳的。在桓仁，一天晚上去一家朝鲜族烧烤店吃宵夜，就要了一份白蚬子，蚬子要平放着烤，看它张开壳就可以吃了，先喝汁，再吃肉，味道妙不可言。没有吃过花蚬子，据说其味道和价格跟黄蚬子、白蚬子差不多，不同之处在于它的壳是花的。

桓仁的菜谱

桓仁有很多好吃的菜，根本吃不过来。令我印象深刻的有嘎鱼家炖、凉拌鱼片、凉拌沙参、回勺牛肉、猪爪蘸酱、炸秋生子、血糊涂、虾豆腐汤、老黄瓜丸子汤等（此外还有大铁锅）。其中有传统的满族菜，还有朝鲜族菜和东北菜。朝鲜族菜吃了狗肉蘸酱、明太鱼炖豆腐、狗肉锅、米肠、打糕、桔梗和三叶香等。之前在朝鲜族餐馆只吃过明太鱼鱼干，这次吃到了冰鲜的。

《桓仁县志》载，建县前，即有为数不多的朝鲜人陆续跨过国境，到桓仁境内垦荒种地。最早入境始于清道光年间。同治八年（1869），朝鲜北部大旱，居民难求生存，纷纷越过鸭绿江来桓仁定居。桓仁的贡米十分有名（当地叫长毛稻，一米多高，米粒长，产量低），据说跟当年朝鲜人善于稻作分不开的。两年前我跟阿坚来桓仁的五里甸子，发现有不少朝鲜人在当地村子里务工。她们手脚勤快，不多说话，当然，人长得也很漂亮，让人想起早年看过的电影《摘苹果的时候》。

还是说说桓仁的菜吧，在前面说过的菜品中，我觉得虾豆腐汤最为神奇，能吃出虾味，但吃不出虾。当时说到这道菜的做法，可惜我忙着喝酒，竟漏掉了最关键的步骤。血糊涂是当地的土菜，其实应该叫鸡血糊糊，它是用鸡肝和鸡胗剁碎了用淀粉勾芡做的，虽然听着血渍呼啦，但是绝对好吃，而且在别的地方很难吃到。老黄瓜丸子汤也是头一次吃到，刚看到碗里透明的黄瓜条，不知道是何方神圣，吃到嘴里感觉也怪怪的。原来，桓仁的老黄瓜能长得很大，状似丝瓜。待它蔫了以后瓢，用擦子将其削成薄片，就可以下锅了。据说老黄瓜还有利尿的功能，如果哪天你突然发现自己肾走得勤，并不说明你肾出了毛病，而是老黄瓜吃多了。

这些年桓仁时兴吃大铁锅，鱼和鸡炖在一起，再加上蘑菇、茄子、白菜、豆腐等。那天参观完三合酒业，去一家叫渔村铁锅食府吃饭，也是吃大铁锅，但鱼和鸡是分开炖的。一锅是鸡炖蘑菇，一锅是鱼炖白菜、豆腐，一锅是排骨炖扁豆，还有一锅是酸菜炖老鹅。作为曾经的东北人，我对东北的大豆角特别有感情，这次发现，桓仁有很多豆角（之前熟悉的白不老只是其中的一种），每种都很好吃。那天在大铁锅里的豆角是架豆王。

说到底，所谓的东北菜，只是一个宽泛的概念，比如前面说的白肉酸菜血肠，之前我就不知道它也属于满族菜。而且，要了解一个地方的饮食，光吃或听是不够的，还有逛逛当地的菜市场，去餐馆的后厨看一看，甚至去深山老林里采集食材，才勉强算知道个大概。

注：桓仁博物馆隋媛媛女士对本文有特殊贡献，特表感谢。

石窟寺

我是 3 月 10 日上午 9:30 坐高铁到的郑州,大概 11 点左右,跟应昊约好在大学中路和淮海路之间的郑州古玩城碰头。然后我们去郑州东站,乘坐下午 1 点钟的高铁到巩义南站。

郑州离巩义约 70 公里,坐高铁也就 30 分钟。出了高铁站才发现,县级城市的高铁站几乎一个模子,以致一开始不知道到了什么地方。进城的路况也很糟,不时会出现意想不到的颠簸。路边看到几处夯土城墙,应该是古时候的遗迹(年代不好判断)。应昊说他一年多前闲着没事,从郑州坐长途来过巩义看石窟寺。

老胡之前便在德厚街订好了一家叫虎家聚福园的餐馆,估计老板或者老板娘是属虎的。我跟应昊是 1:30 下的高铁,到餐馆已经下午两点了。阿坚、孙民和老胡他们在餐馆等我们,菜没怎么动,但酒喝了不少。阿坚说他和孙民两天前就到巩义了,看了五六个陵。老胡是上午从洛阳出发的。他本来想坐火车，临时接到小夏电话，说要一起去，于是便坐小夏的车来的。他说他大约在五年前来过巩义，这家餐馆是他一个同学开的。

想不到汉行也在，他是一天前从宿迁来的，跟阿坚他们也转了几个地方。

除了各种冷菜热菜，餐馆还给每人上了一碗烩面。应昊觉得这家餐馆的烩面有些一般，首先用的不是羊肉而是牛肉，其次不该放黄豆芽而是黄花、粉条，海带和木耳一般只放一样。

烩面的汤也很讲究，应该是用羊脊骨、羊棒骨和羊盘肠里的油加一起熬出来的，原始骨汤先用白水煮，再放入白芷、大料、花椒、小茴香、肉桂、草果等调料。炖好的羊汤上浮着一层油，既可以保温，炖肉时又不用把汤烧开。而羊肉应该用羊的腰窝肉，有肥有瘦，但不能炖得太烂。此外，扯面也有一番讲究，有一种扯面是三角形的。

羊肉烩面是由羊肉泡馍（还有一样我忘了）演变而来，至今不过六七十年的历史。而且同样是烩面，河南各地也都不一样。此外，南阳有生炝烩面，漯河有浇汁烩面，等等。应昊认为郑州的合记烩面最早，也最为正宗。

据服务员介绍，聚福园的汤是用鸡骨头、牛骨头和羊骨头熬的。聚福园的烩面里放的腊牛肉，应昊说最早从西北（大概是西安）传来的，在河南当地叫五香牛肉，过去只有在过年时吃。不过，应昊说炖这种牛肉时一般都会放硝，不然不会出那种红色。

有一道烙饼卷馓子，跟黄瓜丝、圆白菜丝外加尖椒豆豉卷在一起吃。这道菜也应该是从西安那边传过来的，与其说是一道菜，还不如说是一道主食。

吃过午饭，我们坐小夏的车来到一个长堤，说是伊洛河跟黄河的交汇处，之后回到城里在一家叫羊肉公烩的餐馆接着吃晚饭。汉行给阿坚、孙民打了几次电话，他们都借故说中午喝多了吃不动了。下午的长堤他们也没去，说要回酒店睡觉。

第二天一早起床后去看石窟寺，石窟寺离市区7公里，30块钱一张门票，几乎看不到游人。一进大门看到一株腊梅，山下的几棵桃树已经开花了，另外左边的庭院里还有一棵很高的石榴树，上面挂着几个枯干的石榴，应该是去年结的果实。远处传来几声奇怪的鸟叫。

石窟不大，就在一座小山的底下。其中第三窟有两个飞天侍女（在释迦牟尼像的上方），据说茅台酒的飞天商标就是由此而来。石窟佛造像于北魏时期由皇室开凿，所以才会有帝后礼佛图这样看似不搭嘎的石雕。每一件石雕都很精致，但是一些佛造像损毁严重，佛首或者脸部都没了。几乎所有的文字部分都被拓过，留下黑乎乎一片（包括那两个飞天侍女）。后来才知道石窟寺大约发现于20世纪70年代，之前一直在黄河故道下面被泥沙掩埋。

从石窟寺出来，发现路边有一个榨甘蔗汁的小摊，于是花5块钱买了一杯。当地这季节时兴喝热甘蔗汁，榨汁机旁放着一个盆子里盛着热水，里面有几杯榨好的甘蔗汁（狗子、阿坚他们喝啤酒就这么烫着喝)。听说我要喝常温的,卖甘蔗汁的小伙子有些诧异。

永昭陵是北宋第四代皇帝宋仁宗赵祯的寝陵,不收门票。偌大的陵园由皇帝陵、皇后陵和下宫组成。神道两侧排列着瑞禽、甪端(神异之兽,日行万八千里)和文臣武将,这些石雕像应该是陵园中仅存的北宋遗物。有两个波斯人石雕,其中一个表情哀泣,手里捧着一件类似香炉的东西。可见当时的北宋跟波斯国的往来相当频繁,史料中便有有关香料贸易的记载,而且至少在唐朝就已经开始了。

看过永昭陵,我跟应昊租了一辆车出发去洛阳。途中停下来看了一下汉魏故城,其实就是几座夯土台,周边是一片麦地。这季节冬小麦已经长了出来,眼前一片绿油油的,到了六月就可以收割了。麦田当中,一个农民在喷洒农药。没走多远便是白马寺,应该是二十多年前,我跟老鸭、老唐他们来过,但不知当时为什么没进去,只是在寺庙入口处抚着白马石雕拍过一张合影。

浆面条

到了洛阳已经是中午,应昊带我去丽景门附近的东关甜牛肉汤吃饭,这是一家早点铺,过了中午就关门,晚上也不营业。所谓甜牛肉汤,就是汤里不放盐,就连葱花和香菜也不放,只有老洛阳人喜欢吃这口。不过,餐桌上还是放着盐和辣椒油,以备客人的需要。我们点的牛肉汤里也洒了些葱花和香菜,并且配有一小份锅盔和烙饼。牛肉汤15块钱一碗,牛肉给得很足,足足有一两。一碗喝下去,解饿又解酒。

牛肉汤馆斜对面有一户人家卖绿豆浆和绿豆粉(用粉笔在门上写着),应昊说洛阳的绿豆浆可不是我们平常喝的那种豆浆,而是经过发酵的,洛阳人用它煮浆面条,晚饭就能吃到。应昊认为,浆面条在洛阳有着跟牛肉汤一样的地位,相当于老北京眼里的豆汁。应昊曾经在北京工作过几年,比较熟悉老北京风俗。他说有一次在北京的酒局上见过我,当时场面乱糟糟的,我们也没怎么说话。只是到了去年,我、老唐和狗子去郑州开读者见面会,经狗子介绍,我们才真正熟络起来(之前他跟艾丹和狗子来往比较多),当时应昊就在我们举办活动的书店旁边经营一家画廊,大家都觉得很巧。

去年年底的西局书局年会,应昊也去了。

喝完牛肉汤,我跟应昊又到了丽景门古街闲转,天气很舒服,不冷也不热。看到街边一家小铺的招牌上写着甜咸牛肉汤,大概是汤分放盐和不放盐两种。另外还有两家不翻汤小馆,打听一下,原来不翻汤的意思是往汤里放的烙饼只烙一面,为的是吃着又脆又软。

在洛阳,随处可以看见各种汤铺,牛肉汤、羊肉汤、丸子汤、豆腐汤,似乎洛阳人可以把所有的东西都做成汤。应昊说,洛阳之所以是痛风高发区,就跟洛阳人喝汤的习惯有关。突然想起来家住洛阳的老胡就有痛风,而且很多年了。

接着又去应昊的一个朋友老任的艺术空间喝茶,没过多久老胡过来了。他说头天晚上,因为小夏家里有事,他就坐着小夏的车跟她从巩义先回了洛阳。下午,阿坚跟孙民从巩义坐绿皮火车到的洛阳(他们也去了汉魏故城遗址),老胡便去城里接他们。本来说好一起吃晚饭,但后来老胡发来短信,说阿坚坚持要在老火车站附近吃,他跟孙民要乘坐晚上11点钟的火车去四川绵阳,老胡便在那边陪他们。

晚饭安排在应昊另一个朋友老关开的老雒阳面馆,只有我、应昊、老任和老关四人。我注意餐馆招牌上的"洛"字写成"雒",老关说过去的洛阳就叫雒阳。老雒阳面馆在洛阳有很多家,我们吃饭的这家店位于洛龙区关林路与兴洛东街交叉路口,是离高铁站最近的,大约八百米。我订的是晚上 8:59 回北京的车票,应昊订的是 9:15 回郑州的。

终于吃到了传说中的浆面条,除了觉得略微发酸外,跟别的地方的汤面并无太大差异。另外还吃了炝汁银条、自制皮冻、老洛阳烤花生、酱猪蹄、焦炸丸子、小酥肉、洛宁蒸肉等餐馆的招牌菜。我觉得洛宁蒸肉特别好吃,只是上得晚了些,肚子已经被其他食物填满了。

晚饭期间,我跟餐馆老板老吴求证痛风跟喝汤是否有关,老吴对此颇为不以为然。他说嘌呤主要来自豆腐和动物内脏,跟骨汤关系不大。后来不知怎么又说到河南烩面,老关说洛阳烩面跟郑州烩面也不太一样,他希望我下次来洛阳时能尝尝。

其实二十多年前我跟老鸭、老唐来洛阳那次,就吃过羊肉烩面,而且每次都吃一大碗,只不过现在忘了味道而已(隐约记得里面有鹌鹑蛋)。那次来洛阳,我还听当地人编的段子?"红太阳"一生去过很多地方,但就是没来过洛阳,因为洛落(还有雒)同音。不管是否属实,我觉得老人家虽然迷信却还算开明,换成古代帝王,没准儿直接把地名改了。

暮色苍茫看劲松

本来晚上在劲松有个饭局,后来临时取消了。想起20世纪80年代常去劲松那边找李大卫和芒克他们玩。那时候李大卫还叫李卫或者维维,约他吃饭要打他家楼下的公用电话。

1984年的时候,疯传劲松一栋楼里闹鬼,那段时间我应该在西藏,所以没太听说这件事。后来看到有人在网上谈及,说夜间有人听到楼道里有人哭泣,一个女人留着长发,背对着人。当她缓缓转过脸时,看到的人立刻就吓昏过去。这让我想起李大卫跟我说过的另一起灵异事件,而且就发生在李大卫身上。他说他有天夜里做梦跟人搏斗,第二天醒来后发现自己身上布满抓痕。李大卫说他自己没留指甲,而且他的猫耗耗当晚不在他的房间。

劲松过去就是乱坟岗子,据说肃武亲王豪格(这名字多像一款进口腕表)就葬在这儿。墓地上种了几棵松树,松树的枝杈很长,做龙蛇翻舞之状，要用支架架着，所以叫架松，文革期间才改成劲松。相传，陵墓的位置在架松小学即后来的劲松三小正北，也就是现在的潘家园东里一带。原来这边的居民多为看坟人和看坟人的后代。其实这也没什么，北京用坟地命名的地方很多，因为过去北京周边全都是乱坟岗子。

豪格的陵墓虽然没了，幸运的是，当年闹鬼的那栋楼还在，据说就在劲松邮局边上，当年有个女子从楼上跳了下来。还有人说那栋楼在劲松二区，就在41路站牌对面，原来的副食商店边上。现在副食商店已经改成了超市。过去去劲松要先从木樨地坐1路，然后到东单倒41路，或者从木樨地坐52路直接到劲松桥东。更早的时候我住黄寺，去劲松要从始发站黄寺乘8路出发至终点站龙潭湖下。后来，8路这条线改成了60路，8路车单走了一条线路，跟我住的地方无关了。

在劲松喝酒经常喝到没了夜班车，甚至要喝通宵。有一次李大卫家楼下一家酒吧的老板看我们老不走，都跟我们急了，拿着刀从操作间要砍我们。李大卫指着我冲老板说，我不信你敢砍他，不信你砍他一个试试。好在我当时表现得还算镇静，酒吧老板被震慑住了，否则后果不堪设想。当时徐虹和黄燎原也在场，可以证明。

还有一次我去芒克家搓麻，之前买了一条骆驼，因为芒克家人太多太杂，我不想把烟分给太多的人，就把烟放在芒克家门口的变电箱里，等走的时候再拿。当第二天一大早我打开变电箱时，发现烟已然不见了踪影。我到现在也想不出是哪些人干的。也许当时有的人想给芒克送礼,但是苦于没有机会,便把礼物放在变电箱里。有人发现了这个秘密,于是定期不定期地去那儿领取。不管怎么说,这说明了当年芒克家的杂乱程度。大仙曾经深情地吟咏:遥远的劲松有只猴,他是我们的大龙头(芒克的外号就叫老猴子)。

记得20世纪80年代末的一天夜里,一群人喝完酒在街上闲溜达,突然几个戴着红袖标,骑着自行车的把我们围了起来,要求检查证件。当时我们都没有随身携带证件的习惯,于是那几人就对芒克进行盘查。他们拿手电筒照着芒克问他姓名,芒克说我叫芒克,那几个人一脸茫然,要求芒克说出真实姓名。芒克无奈中有些失望,他提高嗓门说我叫姜世伟,谁知那几个联防队员听了便马上骑车走了,我怀疑他们以为芒克是市委的(这件事我好像在别的地方写过,包括李大卫家楼下酒吧老板要砍人的事)。

后来认识了老唐、老康他们,老康对李大卫非常崇拜,有一回拿到一笔稿费(好像是他人生中第一笔稿费),就从东高地打车到劲松请李大卫吃饭。而且一路盘算到哪儿去吃,吃点儿啥好的。想不到李大卫并不领情,当着老康的面,把一碗酱油拌饭吃得一干二净。老康的心都碎了,一沓钱在兜里变得轻飘飘的。

转眼过去将近三十年,有时周末去潘家园,经过劲松时,一些回忆会一闪而过。除了李大卫和芒克,王长安、刘念春和唐晓渡家也都住在劲松,文化人多得扎堆儿。虽然劲松这些年发生了巨变,但基本格局还是老样子，中街西边的职高、劲松东口的新华书店以及我们常去的一家火锅店还在。暮色苍茫中，在街边等车的时候，仍能看到一个留着长发的背对着你的女子，缓慢转过头对你回眸一笑。

清和元的头脑

太原的清和元一共有三家，我跟老唐去的是靠近桥头街那家，据说是总店。但究竟是不是总店，我们也搞不清楚，而且也不太重要。将近十年前，我跟高大师他们来太原，一下火车就被拉到清和元吃早点，好像也喝了它们的头脑，然后直接去了平遥。当时感觉头脑的味道怪怪的，具体如何又说不上来，只是觉得有些上头。

这次跟老唐在清和元吃的是午饭，除了头脑，还点了滑蛋羊肉、一屉烧麦、一碗羊肉汤和两瓶雪梨汁。本来还想点一份醋浇羊肉，但犹豫半天又说算了。俩人吃饭就这点麻烦，点少了不够，点多了又怕剩。

当时是下午一点多钟，餐馆里没什么客人，就我们和另外一桌（坐着一位三十岁左右的妇女）。借着等菜的工夫，我看了一下贴在正面墙上的清和元的介绍，其中重点说了头脑的来历，大意是说，最初头脑是傅山为了给他母亲治病，根据《本草纲目》发明的，一开始叫八珍汤，里面有羊肉、煨面、山药、莲藕、黄芪、良姜、酒糟和黄酒八种东西。黄芪我知道一些，专治小便不通，另外还可以解酒（醉后感寒）。不管怎么样，这种混搭不像是美食，而是像一剂苦口良药的偏方（据说他母亲的病还真治好了）。

一碗头脑18块钱，里面大概有三块肥瘦相间的之前已经煮好的羊肉。莲藕也是三片。山药大概有五块，有的脆有的面（我把面的挑着吃了）。这些都是看得见的。黄芪、酒糟和黄酒看不见，但能品尝得出来。黄酒既不是绍兴黄酒，也不是即墨老酒，而是代县出的，据说是用滹沱河的河水与当地的黍米酿造而成，在头脑里加一些当药引子。

按照正常的饭量，一碗头脑肯定吃不饱，一般要配上稍梅和帽菜。稍梅就是烧麦，为什么叫稍梅没有考据，其中想必是不乏典故。帽菜看上去像明代的帽盒，里面是空心的（这次没吃，看着像是烤出来的，掰碎了放在头脑里），也是傅山发明的，说是为了表达他反清复明的志向，听上去有些牵强。

吃头脑还要配一小盘腌韭菜，看邻桌妇女倒在头脑里搅合着吃。韭菜是免费送的。

想起没吃上帽菜的原因，服务员说是要到外卖窗口，清和元的外卖跟餐馆又不在一块儿。除了买一些点心、酱羊蹄之类的熟食，外卖还卖肉馅，想必是这家餐馆的肉馅很有特色。

过去，可能因为食性温热，头脑讲究从头年白露喝到第二年立春。但喜欢喝的，一年四季都要喝，不管什么季节不季节的。第二天早晨老唐在酒店睡懒觉，我独自又去清和元喝了一碗头脑。早晨清和元的生意比头天中午略好，有三四桌客人，有一位拄着拐杖的老年人是在晚辈的搀扶下来的，应该是这家店的老顾客了。但餐馆的生意还是清淡，一个厨师跟两个女服务员在门口逗猫。

也有喝不惯的，一个当地开出租的小伙子听说我专门去清和元喝头脑，一副百思不得其解的样子。问他是不是不喜欢里面的酒味儿，他说倒不是，酒量他还是有的（啧啧）。其实倒也没什么，在北京住了那么多年，我就一次都没喝过老北京的豆汁儿。

清和元的羊肉烧麦皮薄、汤汁多，整个肉馅就是一个羊肉丸子。羊汤15块钱一碗，喝着也还行（不如枣庄道口羊汤）。因为点了羊汤，就没要羊杂割（13块钱一碗）。所谓羊杂割，其实就是羊杂汤，里面有一些粉条。

餐馆里还摆着一座傅山的半身雕像。头天去傅山的书法碑林，印象中也看到类似的一尊。这个傅山有意思，晚年的时候，曾经在好友劝说下坐着驴车去北京殿试，但走着走着就不走了，住在崇文门还是宣武门的一个破庙里，对外宣称身体不好，把姿态做足了。临终之前他自嘲道，说整天来找他的人，不是求药方的（看来他老人家确实懂些医术），就是求字、画扇面的，但是人他治死不少，扇面也画坏不少，

"此辈可谓不爱命、不惜财,亦愚矣。"

难怪他的样子有些拧巴,有点儿像阿坚生气的样子。

我在西藏当导游

我大概是在 1985 年去的西藏，在那儿待了至少大半年，关于这段经历可能写过，也可能没写过，主要原因是过去的时间太长了。去西藏之前，我在剧协和音协合办的文化艺术旅行社，听说西藏那边要人，于是就去了，说是援藏。出发之前在鼓楼西大街的西藏驻京办事处还参加了一次英语考试，试题都非常简单，感觉不过是走个过场。那时候还没有北京直飞拉萨的飞机（到底有没有现在也不能确定），反正我是先飞的成都，然后又从成都飞到拉萨的贡嘎机场。当时没有幽闭恐惧症，看到飞机在群山中穿行，翅膀几乎碰到山崖，心里有说不出的高兴。

贡嘎机场很小，飞机加上我们乘坐的，也只有两架。走下舷梯时也不觉得缺氧，可能是因为那时候人太瘦弱，加衣服还不到一百斤，所以对氧气需求不大。有个跟我们一起的，看上去身体很壮，到了拉萨就喊头疼,被送到医院吸氧去了。从贡嘎机场到拉萨还有一段行程,其中一大段沿着拉萨河走,河水看上去不太深,河床上裸露着大大小小的鹅卵石。有人说龚巧明就是因为车翻在拉萨河里淹死的。龚是来自四川的美女诗人,当年有众多的崇拜者,现在知道她的人不多了。

到拉萨后被安排在一个院子里,虽然是平房,但条件不错,有前后两间外带独立卫生间,据说过去也是接待团队的。安顿好了后,便去外办报到。当时西藏旅游是两块牌子,对内叫西藏外事办公室,对外叫国旅拉萨分社。

没过两天就接团了,好像是一个丹麦团。这个团很怪,不太看寺庙,每个团员脖子上都挂着一副望远镜,专门观察各种飞鸟。作为导游,反觉得省事了,因为西藏的寺庙大多数光线很差,主要是靠酥油灯,连地面都看不清楚,走起路来深一脚浅一脚的,关键是一开始不太习惯那股酥油味。后来时间一长就慢慢习惯了,还接受了奶渣和酥油茶。之前以为酥油茶是甜的,喝了才知道里面放的是盐巴。据说喝酥油茶可以防止嘴唇干裂,试过以后发现确实如此。

西藏酸奶是用牦牛奶做的,喝起来奇酸无比,吃的时候必须放糖。但是实在太新鲜、太好喝了。北京近些年也出现了各种酸奶,包括来自青海的,味道跟我在西藏喝过的大相径庭。除酸奶外,还有用牦牛肉做的肉脍,即把生牦牛肉打成肉酱直接食用(至于拌什么调料就不知道了),商周时期的人好像也这么吃肉。说完牦牛奶和牦牛肉,还得说一下牦牛。它们跟当地人一样,特别不喜欢照相。本来在那儿耕地耕得好好的，头上还戴着一顶大红花，一看你举起相机，便拖着犁耙逃得无影无踪。

总之，那时候的导游都爱接团，可以住饭店，还可以玩儿很多地儿。当时拉萨只有拉萨饭店这么一家星级饭店，由南京金陵饭店集团经营。但是，到了别处诸如日喀则或山南，条件就比较勉强了。

记得一次在山南，一个德国游客夜间突然大出血，第二天一早，我赶紧安排车辆把这对夫妇送回拉萨。（山南出产朱砂，大颗大颗嵌在地表，经常能看到有人手里拿着改锥或小铲在挖。）还有一次在定日，有个游客也是在夜间犯心脏病，酒店没卫生室，街上诊所也关门了，我们只好挨家挨户去敲门。后来那位游客被一位兽医治好了。

还有一次去樟木口岸接一个从尼泊尔过来的团，团队没到，我们几人到山上去玩。樟木很有意思，没有银行，只半山腰有一家小邮局，只有下午三点才开门。口岸边上有家酒店（也是樟木唯一的一家），但不兑换外币，要换钱只能去小邮局。当时哪儿都不收外币，只收兑换券。下山途中，我从一个夏尔巴人手里买了一把刀。夏尔巴刀很有特点，刀背和刀刃跟一般的刀正好是反的，其功能也比一般的刀多，往往是除了主要的刀外，刀鞘上还插着几把小刀，居然还有挖耳勺之类的。

回到酒店大堂，一个朋友觉得头皮发痒，一扒拉从头发里掉出一只蚂蟥。慌乱中叫来服务员把蚂蟥踩死，地上的血多得犹如杀人现场。

所以当导游不光是好玩儿，车行进在山间，经常能遇到山崩或泥石流，一块石头从山顶落到山底，山上的公路就会被切成几段，因为一块石头能带下来更多的石头。经常会在山间开着开着，就停下来搬石头，要知道这是在高山缺氧的情况下，没搬一会儿就精疲力竭了。经过路况糟糕的地段，有时也会看到有车从山上掉下去了，残骸来不及清理，就在那儿冒烟。还有一次，好像是经过西夏巴玛峰山顶，突然下起了大雪，车陷在半米多深的雪里动弹不得，所幸附近的部队来帮忙铲雪，几个小时以后道路才被打通。当时已经是夜里九点多了，山下漆黑一片，而积雪的山峰依旧沐浴在夕阳之中，就像被镀上了一层金子。

出 品 人：许　永
策　　划：文　能
责任编辑：许宗华
特邀编辑：雷　彬
封面设计：海　云
封面插画：苗　雨
印制总监：蒋　波
发行总监：田峰峥
投稿信箱：cmsdbj@163.com
发　　行：北京创美汇品图书有限公司
发行热线：010-59799930

创美工厂
微信公众平台

创美工厂
官方微博